经典悦读

江行的晨暮

朱 湘 著

浙江人民美术出版社
全国百佳图书出版单位

前　言

朱湘（1904—1933），字子沅，原籍安徽太湖，出生于湖南沅陵。中国现代诗人、散文家。

朱湘自幼受到良好的启蒙教育，15岁考入清华学校（现清华大学）。他个性独特，耿直而倔强，虽然成绩优异，但因为肆意翘课、抵制斋务处的早餐点名制度，记满三次大过而被退学。1927年，朱湘赴美国留学，先后在劳伦斯大学、芝加哥大学、俄亥俄大学就读，但1929年没有拿到学位就回国了。回国后任教于安徽大学（现安徽师范大学）外文系，但因和校方产生矛盾又愤然辞职。

在清华学习期间，朱湘开始尝试新诗创作，展露出诗歌创作的天分和才华，在当时被称为“清华四子”之一。1925年朱湘出版第一部诗集《夏天》，1927年出版他的第二部诗集《草莽集》，显示了他诗歌创作的日臻成熟；出国后他的创作受到外国诗歌的影响，尝试用西洋的诗体和格律来表达对人生的感叹。沈从文曾评论朱湘的诗：“能以清明无邪的眼，观察一切，无渣滓的心，领会一切——大千世界的光色，皆以悦目的调子，为诗人所接受，各样的音籁，皆以悦耳的调子，为诗人所接受。作者的诗，代表了中国十年来诗歌的一个方向，是自然诗人用农民感情从容歌咏而成的从容方向。”

除诗歌创作之外，朱湘的散文创作也取得了同样重要的成就。他的散文以描写、叙事见长，多写自己的所见所闻，记述日常平凡的人与事；语言优美真切，直抒胸臆，充满诗意和画面感。他常用丰富的想象力来创作散文，谈古论今，精骛八极，心游万仞，给人以丰富的想象空间和盎然的生趣，回味无穷。

本书从朱湘作品中精选了适合青少年学生阅读的散文和书信，尽量保留作品原貌，但因这些文章的写作时间大都为二十世纪二三十年代，部分字词、标点的用法已发生变化，为避免引起读者误解，对少量字词和标点按照现代汉语规范略作修改。

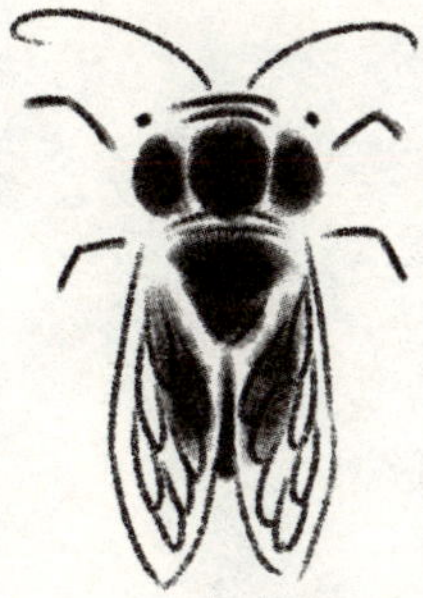

目 录 CONTENTS

经典悦读 · 时光漫步

001 / 我的童年

014 / 江行的晨暮

017 / 打弹子

027 / 北海纪游

042 / 咬菜根

045 / 书

049 / 空中楼阁

052 / 寓言

055 / 衚衕

060 / 迎神——过檀香山岛作

064 / 日与月的神话

067 / 画虎

070 / 徒步旅行者

077 / 周邦彦的《大酺》

079 / 想人非非——贾宝玉在出家一年以后去寻求藐姑射山的仙人

085 / 投考

092 / 梦苇的死

099 / 说诙谐

101 / 说自我

104 / 说说话

108 / 说推敲

110 / 访人

113 / 海外寄霓君

141 / 寄彭基相

143 / 寄徐霞村

我的童年

一　引言

如今，自传这一种文学的体裁，好像是极其时髦。虽说我近来所看的新文学的书籍、杂志、附刊，是很少数的；不过，在这少数的印刷品之内，到处都是自传的文章以及广告。

这也是一时的风尚。并且，在新文学内，这些自传体的文章，无疑的，是要成为一种可珍的文献的。

从前，先秦时代的哲理文，汉朝的赋，唐朝的律诗、绝句，五代与宋朝的词，元朝的曲，明朝的小品文，清朝的训诂，这些岂不也都是一时的风尚么？

《论语》、《孟子》、《庄子》之内，那些关于孔丘、孟轲、庄周的生活方面的记载，只能说是传记体裁的。它们究竟有多少自传的性质，在如今，我们确是难以断言。

以著作我国的第一部正式历史的人，司马迁，来作成我国的第一篇正式的自传，《太史公自序》，这可以说是最自然不过的事情。当然，他的那篇《自序》，与我们心目中所有的关于自传这种文学体裁的标准，是相差很远的。

不过，由他那时候起，一直到清朝，我国的自传体文，似乎都是遵循了他的《自序》所采取的途径而进行的。

在新文学里面，来写自传体文，大概总存有两个目标，指引后学与抚今追昔。后学可以是自己的家人、学生，也可以是自己所研究的学问之内的后进，也可以是任何人。

我是一个作新诗的人。虽说也有些人喜欢我的诗，不过要说是，我如今是预备来作一篇诗的自传，指引后学，那我是决不敢当的。至于我的一般的生活，那只是一个失败、一个笑话——就作诗的人的生活这一个立场看来，那当然还要算是极为平凡；就一般的立场看来，我之不能适应环境这一点，便可以被说是不足为训了。

要说是抚今追昔，那本来是老年人的一种特权；如今，按照我国的算法，我不过是一个三十岁开外的人。

不过，文学便只是一种高声的自语，何况是自传体的文章？作者像写日记那样来写，读者像看日记那样来看。就是自己的日记，隔了十年、二十年来看，都有一种趣味——更何况是旁人的日记呢？并且，文人就是老小孩子，孩子脾气的老头子，就他们说来，年龄简直是不存在的。

二　旧文学与新文学

记得我之皈依新文学，是十三年前的事。那时候，正是文学革命初起的时代；在各学校内，很剧烈地分成了两派，赞成的以及反对的。辩论是极其热烈，甚至于动口角。那许多次，许多次的辩论，可以说是意气用事，毫无立论的根据。有人劝我，最好是去读《新青年》，当时的文学革命的中军，是刘半农的那封《答王敬轩书》，把我完全赢到新文学这方面来了。现在回想起来，刘氏与王氏还不也是有些意气用事，不过刘氏说来，道理更为多些，笔端更为带有情感，所以，有许多的人，连我也在内，便被他说服了。将来有人要编新文学史，这封刘答王信的价值，我想，一定是很大。

大概，新文学与旧文学，在当初看来，虽然是势不两立；在现在看来，它们之间却也未尝没有一贯的道理。新文学不过是我国文学的最后一个浪头罢了。只是因为它来得剧烈许多又加之我们是身临其境的人，于是，在我们看来，它便自然而然地成为一种与旧文学内任何潮流是迥不相同的文学潮流了。

它们之间的歧异，与其说是质地上的，倒不如说是对象上的。

三 作小说

这还是十一二岁时候的事情。

那时候，在高小，上课完了以后，除去从事于幼年时代的各种娱乐以外，便是乱看些书。在这些书里，最喜欢的便是侠义小说。记得和一个同班曾经有过一种合作一部《彭公案》式的侠义小说的计划；虽说彼此很兴奋地互相磋商了许多次，到底是因为计划太大了，没有写……在那个时候，我们两个都是不出十四岁的少年。

除了旧小说以外，孙毓修所节编的《童话》也看得上劲。一定就是在这些故事的影响之下，我写成了我的第一篇小说创作。如今隔了有十七年左右，那篇，不单是详细的内容，就是连题目，我都记不清楚了。仿佛是说的一只鹦鹉在一个人家里面的所见所闻。

以后，也曾经想作过《桃花源记》式的文章，可是屡次都没有写成。

在新文学运动的这十几年之内，小说虽是看得很多，也翻译了一些短篇，不过这方面的创作却是一篇也没有。

据我看来，作小说的人是必得个性活动的，而我的个性恰巧是执滞，一点也不活动。

一定就是为了这个缘故，我在编剧、演剧两方面也失败了。

在十二三岁的时候，和两个同班私下里演剧；准备，化装，排演，真是十分热闹——其实，那与其说是演剧，还不如说是好玩。

在这一次的排演里面，我还记得，我是扮的一个女子。七年以后，学校里面正式的演剧，我由一个女子而改扮一个老太婆了！

扮演老太婆的那次，我是一个失败的。一上了剧台，身子好像是一根木棍；面部好像是一个面具；背熟了的剧词，在许多时刻，整段的不告而别。居然有一个先生，他说我的老太婆的台步走得还像，也不知道他是安慰我，还是确有其事；因为，我的行步的姿态向来是极不优美的，身材不高而脚步却跨得很远，走路之时，是匆忙得很——我仿佛是对于四肢并没有多少筋节的控制力那样。至于我的两条臂膀，在走路的时候，摔出去很远，那更是同学之间的一种谈笑资料。

有时候，我勉强还可以演说，不料演剧的时候，居然是一塌糊涂到那种田地。这或者与我所以有时候可以写些短篇小说性质的小品文而却作不了短篇小说，是根源于同一种性格上的缺陷。

周启明所译的《点滴》，里面有一些散文诗性质的短篇小说；那一种的短篇小说，我看，或许便是像我这样性格的作诗的人所唯一的能作得了的。

四 读书

我是六岁启蒙的，家里请的老师，第一部书是读的《龙文鞭影》。只记得这是一部四字一句的韵文史事书籍——关于它，我现在已经不记得其他的内容了。

书房在花园里，花园里那边是客厅。书房前面的院子里，有一个亭子。

老师大概是一个举人。我还记得，他在夏天里，是穿着一件细竹管编成的汗褂。

背不出书来，打手心的事情，大概是有——不过现在我是已经忘记了。只记得，有一次，那是读完了《龙文鞭影》以后，读《诗经》的当口，我不知道是哪一页书，再也背不出来，老师罚我，非得要背出来，才放我下学。只剩下我一个人，在书房里面；听见自己的声音，更加伤心，淌眼泪。大概是到底也没有背得出来，有家里大人讨保放我下学了。

十几年以后，我每逢想起《诗经》这一部书的时候，总是在心头逗引起了一种凄凉的情调，想必便是为了这个缘故。

八九岁，读完了“四书”，以及《左传》的一小部分。就是在这个时候，学着作文了。

这是在离家有几里远的一个书馆里的事情。有一次，只剩下我一个人在馆里，心里忽然涌起了寂寞、孤单的恐惧，忙着独自沿了路途，向家里走去……这里是土地庙与庙前的一棵大树与树下的茶摊，这里是路旁的一条小河，这里是我家里田亩旁的山坡，终于，在家里前院的场地上，看见了有庄丁在那里打谷，这时候，我的心便放下了，舒畅了。

我的蒙馆生活是在十岁左右终止的。

十一岁时候，考取了高小一年级。这以后的十年，便是我的学校生活的期间，在小学，在大学期间，都曾经停过学。在一个工业学校的预科里面读过一年书。在青年会里读过英文。

说起来很有趣味：我后来又有机会看到我在工业学校里所作的一篇《言志》课卷，那里面说，将来学业完成了，除去从事于职业以外，闲暇的时候，要作一点诗，读一些诗文——这诗，不用说，是旧诗的意思；这诗文，不用说，也是旧诗文的意思。

在工业学校里，教国文的先生是豪放一派的；他喜欢喝酒，有一个酒糟鼻子，魏禧的《大铁椎传》是他所特别赞颂的一篇文章。

后来，我又有过一个国文先生，有“老虎”之称；不过他谨饬些。便是在他的课堂上，在自由交卷的时候，我学着作新诗。虽说他是一个旧学者，眼光倒还算是开明的，对于我的新诗课卷，并不拒绝。

听说他，像教我“四书”、《左传》的那个书馆先生那样，结局很是潦倒。

我读书，是决不能按部就班的。课本，无论先生是多么好，我对于它们总不能感觉到一种特殊的兴趣，便是那种我自己读我自己所选读的书籍，那时候所感觉到的兴趣。

大概，书的种类虽然是数不尽地多，不过，简单地说来，它们却只有两个。它们便是，不得不读的，以及自己爱读的书籍。由报纸一直到学校内的课本，就是不得不读的书籍。至于自己爱读的书籍，那就要看“自己”是谁了。譬如，我是一个作文、教书的人，我自己所爱读的书，要是与一个工程师所爱读的来对照，恐怕是会大不相同的。不过，普天下的大我，它却是有一种书籍绝无不爱读之理的；那一种便是小说。

我也是一个人，当然逃不出这定例。十二岁到十四岁，爱读侠义小说。十五岁左右，爱读侦探小说。二十岁左右，爱读爱情小说。

侠义小说的嗜好一直延续到十几年以后，英国的司各德[1]，苏格兰的史蒂文生[2]，波兰的显克微支[3]，他们的侠义小说，我为了慕名、机缘等的缘故，曾经看了不少；实在是爱不忍释。

司各德各书，据我所看过的说来，它们足以使我越看越爱

[1] 司各德，即沃尔特·司各特（1771—1832），英国著名历史小说家、诗人，代表作《艾凡赫》（也曾译作《撒克逊劫后英雄略》）。
[2] 史蒂文生，即罗伯特·路易斯·史蒂文森（1850—1894），英国著名小说家，代表作有长篇小说《金银岛》、《化身博士》、《绑架》、《卡特琳娜》等。
[3] 显克微支，即亨利克·显克微支（1846—1916），波兰杰出的历史小说家，1905年获诺贝尔文学奖。代表作有《你往何处去》、《火与剑》、《洪流》等。

的地方，便是一种古远的氛围气，以及一种家庭之乐。家庭之乐这个词语，用来形容这些小说之内的那一种情调，骤看来或许要嫌不妥当，不过，仔细一想，我却觉得它要算是我所能找到的唯一的妥当的摹状之词了。这一种家庭之乐的情调，并不须在大团圆的时候，我简直可以独断地说，是由开卷的第一字起，便已经洋溢于纸上了。或许，作者所以能永远留念于世人的心上的缘故，便在于他能够把这种乐居的情调与那种古远的氛围气有机地融合在一起。

史蒂文生的各部小说之内，我最爱读的一部是The Master of Ballantrae。这篇长篇小说，与作者的一篇中篇小说Dr. Jekyll and Mr. Hyde，以及一篇短篇小说《马克汉》，在精神上，似乎有孪生的关系。这三篇文章，我臆断地看来，或许便是作者对于他在一生之内所最感到兴趣的那个问题的一个叙述与分析。

显克微支的人物创造，Zagloba，与莎士比亚的Falstaff同属于一个人物类型，而并不雷同。

上举的各种侠义小说，有些可以叫作历史小说、心理小说，以及其他的名字；各书之内，除去侠义之部分以外，还有言情、社会描写等等成分。这实在是一切小说的常例。因为小说，与生活相似，是复杂的。小说之能引起共同的爱好，其故亦即在此。

侦探小说，我除去柯南道尔的各部著作以外，看得不多。至于他的各部侦探小说，中译本我是差不多全看完了，在十五岁的时候，原文本我也看过一些，在二十五岁的时候。年龄的增加并不曾减退过我对于它们的爱好。

至于言情小说，我只说一部本国的，《红楼梦》。这部小说，坦白地说来，影响于人民思想，不差似“四书”、“五经”。胡适之关于本书的考证，只就我个人来说，并不曾减少了我对于本书的嗜好；潜意识的，我个人还有点嫌他是多事。这是十年前，我在看亚东图书馆本的《红楼梦》那时候所发生的感想。至于这十年以来，整年地忙着授课、教书、谋生，并不曾再看过这部小说。我看我将来也不会教到“中国小说”这种课程，所以，我只有把十年前的那点感想坦白地说出来；至于本书的评价，那自然有在这一方面专门研究的人可以发言。

杜甫的诗我是爱读的。不过，正式地说来，他的诗我只读过四次；并且，每次，我都不曾读完。第一次是由《唐诗别裁集》里读的一个选辑，第二次是读了、熟诵了全集的很少一部分，第三次是上“杜诗”课，第四次是看了全集的一大半。十五岁以后，喜欢杜诗的音调；二十岁左右，揣摩杜诗的描写；三十岁的时候，深刻地受感于杜的情调。我买书虽是买得不多，十年以来，合计也在一千圆以上，比上虽是差得不可以道里[1]计，比下却总是有余；说起来可以令人惊讶，便是，杜诗我只买过石印一部，要是照了如今我对于杜诗的爱好说来，一买书，我必定会先把习见的各种杜诗版本一起买到。

只要是诗，无论是直行的还是横行的，只要是直抒情臆的诗，无论作得好与不好，我都爱。爱诗并不一定要整天地读诗。从前，在十八岁到二十岁的时候，曾经有过几个时期，我发过呆气，要除去诗歌以外，不读其他的书籍；现在回想起来，倒觉得有趣——不过，或许，我现在之所以能写成一点诗，我的诗歌培养便是完成于那几个时期之内。我是一个爱读诗、爱作诗的人，而在我所购置的已经是少量的一些书籍之内，诗集居然是更少；这个，说给那些还喜欢我的新诗而并不与我熟识的读者听来，他们一定是会诧异的。

我曾经作过一首题名《荷马》的十四行，算是自己所喜欢的一些自作之一……其实，这个希腊诗人的两部巨著，我只是潦草地看过，并不曾仔细地研究一番。在我写那首诗的时候，并不曾有原文的节奏、音调澎湃在我耳旁，我的心目之前只有

[1] 道里，泛指长度距离。

Elson Grammer School Reader里面的这两篇史诗的节略。这个，说出来了，一定会教读者失笑的，如其他是一个一般的读者；或是教他看不起，如其他是一个学者。

我是一个极好读选本的人。选本我可读了又读，一点也不疲倦。至于全集，我虽说在各方面也都看过一些，不过，大半，我只是匆促地看过一遍，就不看第二遍了。杜甫与莎士比亚是例外。这两个诗人，读上了味道，真是百读不厌；从前、现在的无穷数的读者所说的话，我到现在已经恳切地感觉到，并非人云亦云的一种慕名语，我并且自己欣幸，我现在已经达到了一个可以真诚地、深切地欣赏他们的诗歌的时期。他们的确是情性之正声。

说到不得不读的书籍，我是一个度过了二十年学校生活的人，当然，它们是课本了。在学生时期之内，我对于课本，无论是必修科还是选修科，是很不喜欢读的。现在回想起来，教育与生活一样，也是一种人为的磨炼……我当初既是不能适应学校的环境，自然而然地，到了现在，我也便不能适应社会的环境了。

我真是一个畸零的人，既不曾作成一个书呆子，又不能作为一个懂世故的人。

江行的晨暮

美在任何的地方，即使是古老的城外，一个轮船码头的上面。

等船，在划子上，在暮秋夜里九点钟的时候，有一点冷的风。天与江，都暗了；不过，仔细地看去，江水还浮着黄色。中间所横着的一条深黑，那是江的南岸。

在众星的点缀里，长庚星闪耀得像一盏较远的电灯。一条水银色的光带晃动在江水之上。看得见一盏红色的渔灯。

岸上的房屋是一排黑的轮廓。

一条趸船在四五丈以外的地点。模糊的电灯，平时令人不快的，在这时候，在这条趸船上，反而，不仅是悦目，简直是美了。在它的光围下面，聚集着有一些人形的轮廓。不过，并

听不见人声，像这条划子上这样。

忽然间，在前面江心里，有一些黝黯的帆船顺流而下，没有声音，像一些巨大的鸟。

一个商埠旁边的清晨。

太阳升上了有二十度；覆碗的月亮与地平线还有四十度的距离。几大片鳞云粘在浅碧的天空里；看来，云好像是在太阳的后面，并且远了不少。

山岭披着古铜色的衣，褶痕是大有画意的。

水汽腾上有两尺多高。有几只肥大的鸥鸟，它们，在阳光之内，暂时地闪白。

月亮是在左舷的这边。

水汽腾上有一尺多高；在这边，它是时隐时显的。在船影之内，它简直是看不见了。

颜色十分清润的，是远洲上的列树，水平线上的帆船。

江水由船边的黄到中心的铁青到岸边的银灰色。有几只小轮在喷吐着煤烟：在烟囱的端际，它是黑色；在船影里，淡青，米色，苍白；在斜映着的阳光里，棕黄。

清晨时候的江行是色彩的。

打弹子

打弹子最好是在晚上。一间明亮的大房子，还没有进去的时候，已经听到弹子相碰的清脆声音。进房之后，看见许多张紫木的长台平列排着，鲜红的与粉白的弹子在绿色的呢毯上滑走。整个台子在雪亮的灯光下照得无微不见，连台子四围上边嵌镶的菱形螺钿都清晰地显出。许多的弹竿笔直地竖在墙上。衣钩上面有帽子、围巾、大氅。还有好几架钟，每架下面是一个算盘——听哪，答拉一响，正对着门的那个算盘上面，一下总加了有二十开外的黑珠。计数的伙计一个个站在算盘的旁边。

也有伙计陪着单身的客人打弹子。这样的伙计有两种，一种是陪已经打得很好的熟客打，一种是陪才学的生客打。陪熟客打的，一面低了头运用竿子，一面向客人嘻笑地说："你瞅吧！这竿儿再赶不上你，这碗儿饭就不吃啦！"陪生客打的，看见客人比了大半天，竿子总抽上了有十来趟，归根还是打在第一个弹子的正面就不动了，他看着时候，说不定心里满觉得这位客人有趣，但是脸上决不露出一丝笑容，只随便地带说一句："你这球要低竿儿打红奔白就得啦。"

打弹子的人有穿灰色爱国布罩袍的学生，有穿藏青花呢西服的教员，有穿礼服呢马褂淡青哔叽面子羊皮袍的衙门里人。另有一个，身上是浅色花缎的皮袍，左边的袖子撸了起来，露出细泽的灰鼠里子，并且左手的手指上还有一只耀目的金戒指。这想必是富商的儿子罢。这些人里面，有的面呈微笑，正打眼着"眼镜"；有的把竿子放去背后，做出一个优美的姿势来送它；有的这竿已经有了，右掌里握着的竿子从左手手面上顺溜地滑过去，打的人的身子也跟着灵动地扭过，再准备打下一竿。

"您来啦！您来啦！"伙计们在我同子离掀开青布棉花帘子的时候站起身，来把我们的帽子接了过去。"喝茶？龙井，香片？"

弹子摆好了，外面一对白的，里面一对红的。我们用粉块擦了一擦竿子的头，开始游戏了。

这些红的、白的弹子在绿呢上无声地滑走，很像一间宽敞的厅里绿毡毹上面舞蹈着的轻盈的美女。她披着鹅毛一样白的衣裳，衣裳上面绣的是金线的牡丹，柔软的细腰上系着一条满缀宝石的红带，头发扎成一束披在背后，手中握着一对孔雀毛，脚上穿的是一双红色的软鞋。脚尖矫捷地在绿毡毹上轻点着，一刻来了厅的这方，一刻去了厅的那方，一点响声也听不出，只偶尔有衣裳的窸窣，环佩的丁当，好像是替她的舞蹈按着拍子一样。

这些白的、红的弹子在绿呢上活泼地驰行，很像一片草地上有许多盛服的王孙公子围着观看的一双斗鸡。它们头顶上戴的是血一般红的冠。它们弯下身子，拱起颈，颈上的一圈毛都竦了起来，尾巴的翎毛也一片片地张开。它们一刻退到后头，把身体蜷伏起来，一刻又奔上前去，把两扇翅膀张开，向敌人扑啄。四围的人看得呆了，只在得胜的鸡骄扬地叫出的时候，他们才如梦初醒，也跟着同声地欢呼起来。

弹子在台上盘绕，像一群红眼珠的白鸽在蔚蓝的天空上面飘扬。弹子在台上旋转，像一对红眼珠的白鼠在方笼的架子上面翻身。弹子在台上溜行，像一只红眼珠的白兔在碧绿的草原

上面飞跑。

还记得是三年前第一次跟了三哥学打弹子，也是在这一家。现在我又来这里打弹子了，三哥却早已离京他往。在这种乱的时世，兄弟们又要各自寻路谋生，离合是最难预说的了；知道还要多少年，才能兄弟聚首，再品一盘弹子呢？

正这样想着的时候，看见一对夫妇，同两个二十左右的女子，带着三个小孩子、一个老妈子，进来了球房：原来是夫妻俩来打弹子的。他们开盘以后，小孩子们一直站在台子旁边看热闹，并且指东问西，嘴说手画，兴头之大，真不下似当局的人。问的没有得到结果的时候，还要牵住母亲的裙子或者抓住她的弹竿唠叨地尽缠；被父亲呵了几句，才暂时静下一刻，但是不到多久，又哄起来了。

事情凑巧：有一次轮到父亲打，他的白球在他自己面前，别的三个都一齐靠在小孩子们站的这面的边上，并且聚拢在一起，正好让他打五分的；哪晓得这三个孩子看见这些弹子颜色鲜明得可爱，并且圆溜溜的好玩，都伸出双手踮起脚尖来抢着抓弹子；有一个孩子手掌太小，一时抓不起弹子来，他正在抓着的时候，父亲的弹子已经打过来了，手指上面打中一下，痛得呱呱地大哭起来。老妈子看到，赶紧跑过来把他抱去了茶几旁边，拿许多糖果哄他止哭。那两个孩子看见父亲的神气不对，连忙双手把弹子放回原处，也悄悄地偷回去茶几旁边坐下了。母亲连忙说："一个孩子已经够嚷的啦。咱们打球吧。"父亲气也不好，不气也不好，狠狠地盯了那两个孩子一眼，盯得他们在椅子上面直扭，他又开始打他的弹子了。

在这个当儿，子离正向我谈着"弹子经"。他说："打得妙的时候，一竿子可以打上整千。"他看见我的嘴张了一张，连忙接着说下："他们功夫到家的妙在能把四个球都赶上一个台角里边去，而后轻轻地慢慢地尽碰。"我说："这未免太不'武'了！大来大往，运用一些奇兵，才是我们的本色！"子离笑了一笑，不晓得他到底是赞成我的议论呀还是不赞成。其实，我自己遇到了这种机会的时候，也不肯轻易放过，所惜本领不高，只能连个几竿罢了。

我们一面自己打着弹子，一面看那对夫妇打。大概是他们极其客气，两人都不愿占先的缘故，所以结果是算盘上的黑珠有百分之八十都还在右头。我向四围望了一眼，打弹子的都是男人，女子打的只这一个，并且据我过去的一点经验而言，女子上球房我这还是第一次看见。我想了一想，不觉心里奇怪起来："女子打弹子，这是多么美的一件事！毡毹的平滑比得上她们肤容的润泽，弹竿的颀长比得上她们身段的苗条；弹子的红像她们的唇，弹子的白像她们的脸；她们的眼珠有弹丸的流动，她们的耳珠有弹丸的匀圆。网球在女界通行了，连篮球都在女界通行了，为什么打弹子这最美的、最适于女子玩耍的、最能展露出她们身材的曲线美的一种游戏反而被她们忽视了呢？”哪晓得我这样替弹子游戏抱着不平的时候，反把自己的事情耽误了，原来我这样心一分，打得越坏，一刻工夫已经被子离赶上去半趟，总共是多我一趟了。

现在已经打了很久了，歇下来看别人打的时候，自家的脑子里面都是充满着角度的纵横的线。我坐在茶几旁边，把我的眼睛所能见到的东西都拿来心里面比量，看要用一个什么角度才能打着。在这些腹阵当中，子离口噙的烟斗都没有逃去厄难。有一次我端起茶杯来的时候曾经这样算过：“这茶杯作为我的球，高竿，薄球，一定可以碰茶壶，打到那个人头上的小瓜皮帽子。不然，厚一点，就打对面墙上那架钟。”

钟上的计时针引起了我的注意，现在时间已经不早了。我向子离说：“这个半点打完，我们走吧。”

“三点！一块找！要辅币！手巾！……谢谢您！您走啦！您走啦！”

临走出球房的时候，听到那一对夫妻里面的妻子说："有啦！打白碰到红啦！"丈夫提出了异议。但是旁观的两个女郎都帮她："嫂嫂有啦！哥哥别赖！"

北海纪游

九日下午，去北海，想在那里作完我的《洛神》，呈给一位不认识的女郎；路上遇到刘兄梦苇，我就变更计划，邀他一同去逛一天北海。那里面有一条槐树的路，长约四里，路旁是两行高而且大的槐树，倚傍着小山，山外便是海水了；每当夕阳西下清风徐来的时候，到这槐荫之路上来散步，仰望是一片凉润的青碧，旁视是一片渺茫的波浪，波上有黄白各色的小艇往来其间，衬着水边的芦荻，路上的小红桥，枝叶之间偶尔瞧得见白塔高耸在远方，与它的赭色的塔门，黄金的塔尖，这条槐路的景致也可说是兼有清幽与富丽之美了。我本来是想去那条路上闲行的，但是到的时候天气还早，我们就转入濠濮园的后堂暂息。

这间后堂傍着一个小池，上有一座白石桥，池的两旁是小山，山上长着柏树，两山之间竖着一座石门，池中游鱼往来，间或有金鱼浮上。我们坐定之后，谈了些闲话，谈到我们这一班人所作的诗行由规律的字数组成的新诗之上去。梦苇告诉我，有许多人对于我们的这种举动大不以为然，但同时有两种人，一种是向来对新诗取厌恶态度的人，一种是新诗作了许久与我们悟出同样的道理的人，他们看见我们的这种新诗以后，起了深度的同情。后来又谈到一班作新诗的人当初本是轰轰烈烈，但是出了一个或两个集子之后，便销声匿迹，不仅没有集子陆续出来，并且连一首好诗都看不见了。梦苇对于这种现象的解释很激烈，他说这完全是因为一班人拿诗作进身之阶，等到名气成了、地位有了，诗也就跟着扔开了。他的话虽激烈，却也有部分的真理，不过我觉着主要的缘因另有两个：浅尝的倾向，抒情的偏重。我所说的浅尝者，便是那班本来不打算终身致力于诗，不过因了一时的风气而舍些工夫来此尝试一下的人。他们当中虽然不能说是竟无一人有诗的禀赋、涵养、见解、毅力，但是即使有的时候，也不深。等到这一点子热心与能耐用完之后，他们也就从此销声匿迹了。诗，与旁的学问旁的艺术一般，是一种终身的事业，并非靠了浅尝可以兴盛得起来的。最可恨的便是这些浅尝者之中有人居然连一点自知之明都没有，他们居然坚执着他们的荒谬主张，溺爱着他们的浅陋作品，对于真正的方在萌芽的新诗加以热骂与冷嘲，并且挂起他们的新诗老前辈的招牌来蒙蔽大众：这是新诗发达上的一个大阻梗。还有一个阻梗便是胡适的一种浅薄可笑的主张，他说，现代的诗应当偏重抒情的一方面，庶几可以适应忙碌的现代人的需要。殊不知诗之长短与其需时之多寡当中毫无比例可言。李白的《敬亭独坐》虽然只有寥寥的二十个字，但是要领略出它的好处，所需的时间之多，只有过于《木兰辞》而无不及。进一层，我们可以说，像《敬亭独坐》这一类的抒情诗，忙碌的现代人简直看不懂。再进一层说，忙碌的现代人干脆就不需要诗，小说他们都嫌没有工夫与精神去看，更何况诗？电影，我说，最不艺术的电影是最为现代人所需要的了。所以，我们如想迎合现代人的心理，就不必作诗；想作诗，就不必顾及现代人的嗜好。诗的种类很多，抒情不过是一种，此外如叙事诗、史诗、诗剧、讽刺诗、写景诗等等哪一种不是充满了丰富的希望，值得致力于诗的人去努力？上述的两种现象，抒情的偏重，使诗不能作多方面的发展，浅尝的倾向，使诗不能作到深宏与丰富的田地，便是新诗之所以不兴旺的两个主因。

我们谈完之后，时候已经不早了；我们便起身，转上槐路，绕海水的北岸，经过用黄色与淡青的琉璃瓦造成的琉璃牌楼，在路上谈了一些话，便租定一只小划船。这时候西北方已经起了乌云，并且时时有凉风吹过白色的水面，颇有雨意，但是我们下了船。我们看见一个女郎独划着一只绿色的船，她身上穿着白色的衣裙，手上戴着白色的手套，草帽是淡黄色的，她的身躯节奏地与双桨交互地低昂着，在船身转弯的时候，那种一手顺划一手逆划两臂错综而动的姿势更将女身的曲线美表现出来；我们看着，一边艳羡，一边自家划船的勇气也不觉地陡增十倍。本来我的右手是因为前几天划船过猛擦破了几块皮到如今刚合了创口的，到此也就忘记掉了。我们先从松坡图书馆向漪澜堂划了一个直过，接着便向金鳌玉蛛桥放船过去；半路之上，果然有雨点稀疏地洒下来了。雨点落在水面之上，激起一个小涡，涡的外缘凸起，向中心凹下去，但是到了中心的时候，又突然地高起来，形成一个白的圆锥，上联着雨丝。这不过是刹那中的事。雨涡接着迅捷地向四周展开去，波纹越远越淡，以至于无。我此时不觉地联想起济慈的四行诗来：

Ever let the fancy roam，

Pleasure never is at home：

At a touch sweet pleasure melteth,

Like to bubbles when rain pelteth.

雨大了起来。雨点含着光有如水银粒似的密密落下。雨阵有如一排排的戈矛，在空中熠耀；匆促的雨点敲水声便是衔枚疾走时脚步的声息。这一片飒飒之中，还听到一种较高的声响，那就是雨落在新出水的荷叶上面时候发出来的。我们掉转船头，一面愉快地划着，一面避到水心的席棚下休息。

棹歌

水心

仰身呀桨落水中，

对长空；

俯首呀双桨如翼，

鸟凭风。

头上是天，

水在两边，

更无障碍当前；

白云驶空，

鱼游水中，

快乐呀与此正同。

岸侧

仰身呀桨在水中，

对长空；

俯首呀双桨如翼，

鸟凭风。

树有浓荫，

葭苇青青，

野花长满水滨；

鸟啼叶中，

鸥投苇丛，

蜻蜓呀头绿身红。

风朝

仰身呀桨落水中，

对长空；

俯首呀双桨如翼，

鸟凭风。

白浪扑来，

水雾拂腮，

天边布满云霾；

船晃得凶，
快往前冲，
小心呀翻进波中。

雨天

仰身呀桨落水中，
对长空；
俯首呀双桨如翼，
鸟凭风。
雨丝像帘，
水涡像钱，
一片缭乱轻烟；
雨势偶松，
暂展朦胧，
瞧见呀青的远峰。

春波

仰身呀桨落水中，
对长空；
俯首呀双桨如翼，
鸟凭风。

鸟儿高歌，

燕儿掠波，

鱼儿来往如梭；

白的云峰，

青的天空，

黄金呀日色融融。

夏荷

仰身呀桨落水中，

对长空；

俯首呀双桨如翼，

鸟凭风。

荷花清香，

缭绕船旁，

轻风飘起衣裳；

菱藻重重，

长在水中，

双桨呀欲举无从。

秋月

仰身呀桨落水中，

对长空；

俯首呀双桨如翼，

鸟凭风。

月在上飘，

船在下摇，

何人远处吹箫?

芦荻丛中，

吹过秋风，

水蚓呀应着寒蛩。

冬雪

仰身呀桨落水中，

对长空；

俯首呀双桨如翼，

鸟凭风。

雪花轻飞，

飞满山隈，

飞向树枝上垂；

到了水中，

它却消溶，

绿波呀载过渔翁。

雨势稍停，我们又划了出来。划了一程之后，忽然间刮起了劲风来；风在海面上吹起一阵阵的水雾，迷人眼睛，朦胧里只见黑浪一个个向我们滚来。浪的上缘俯向前方，浪的下部凹入，真像一群张口的海兽要跑来吞我们似的，水在船旁舐吮作响，船身的颠摇十分厉害：这刻的心境介于悦乐与惊恐之间，一心一目之中只记着，向前划！向前划！虽然两臂麻木了，右手上已合的创口又裂了，还是记着，向前划！

上岸之后，虽然休息了许久，身体与手臂尚自在那里摆动。还记得许多年前，头一次凫水，出水之后，身子轻飘飘的，好像鸟儿在空中飞翔一般；不料那时所感到的快乐又复现于今天了。

吃完点心之后（今天的点心真鲜！），我们离开漪澜堂，又向对岸渡过去，这次坐的是敞篷船。此刻雨阵过了，只有很疏的雨点偶尔飘来。展目远观，见鱼肚白的夕空渲染着浓灰色以及淡灰色的未尽的雨云，深浅不一，下面是暗青的海水，水畔低昂着嫩绿色的芦苇，时有玄脊白腹的水鸟在一片绿色之中飞过。加上天水之间远山上的翠柏之色，密叶中的几点灯光，还有布谷高高地隐在雨云之中发出清脆的啼声，真令人想起了江南的烟雨之景。

上岸后，雨又重新下起来。但是我们两人的兴却发作了：梦苇嚷着要征服自然，我嚷着要上天王殿的楼上去听雨。我们走到殿的前头，瞧见琉璃牌楼的三座孤门之上一毫未湿，便先在这里停歇下来。这时候天已经黑了，我们从槐树的叶中可以看得见天空已经转成了与海水一样深青的颜色，远处的琼岛亮着一片灯光，灯光倒映在水中，晃动闪灼，有波纹把它分隔成许多层。雨点打在远近无数的树上，有时急，有时缓。急时，像独坐在佛殿中，峥嵘的殿柱与庄严的佛像只在隐约的琉璃灯光与炉香的光点内可以瞧见；沉默充满了寺内殿堂，寂静弥漫了寺外的山岭；忽然之间，一阵风来，吹得檐角与塔尖的铁马铜铃不断地响，山中的老松怪柏谡谡地呼吼，杂着从远峰飘来的瀑布的声响，真是战马奔腾，怒潮澎湃。缓时，像在一座墓园之内，黄昏的时候，鸟儿在树枝上栖息定了，乡人已经离开了田野与牧场回到家中安歇，坟墓中的幽灵一齐无声地偷了出来，伴着空中的蝙蝠作回旋的哑舞；他们的脚步落得真轻，一点声息不闻，只有萤虫燃着的小青灯照见他们憧憧的影子在暗中来往；他们舞得愈出神，在旁观看的人也愈屏息无声；最后，白杨萧萧地叹起气来，惋惜舞蹈之易终以及墓中人的逐渐零落投阳去了；一群面庞黄瘪的小草也跟着点头，飒飒地微语，说是这些话不错。

雨声之中，我们转身瞧天王殿，只见黑魆魆的一点灯火俱无，我们登楼听雨的计划于是不得不中止了。我们又闲谈起来。我们评论时人，预想未来，归根又是谈到文学上去。说到文学与艺术之关系的时候，我讲：插图极能增进读者对于文学书籍的兴趣，我们中国旧文学书中的插图工细别致，《红楼梦》一书更得到画家不断地为它装画。在西方这一方面的人才真是多不胜数，只拿英国来讲，如从前的克鲁可贤（Cruikshank）、现代的毕兹雷（Beardsley），又如自己替自己的小说作插图的萨克雷（Thackeray），都是脍炙人口的；还有文学与音乐的关系，在我国古代与西方都是很密切的，好的抒情诗差不多都已谱入了音乐，成了人民生活的一部分；新诗则尚未得到音乐上的人才来在这方面致力。

我们谈着，时刻已经不早了。雨算是过去了，但枝叶间雨滴依然纷乱地洒下，好像雨并没有停住一般。偶尔有一辆人力车拖过，想必是迟归的游客乘着园内预备的车；还偶尔有人撑着纸伞拖着钉鞋低头走过，这想必是园中的夫役。我们起身走上路时，只见两行树的黑影围在路的左右，走到许远，才看见一盏被雨雾蒙了罩的路灯。大半时候还是凭着路中雨水洼的微光前进。

我们一面走着，一面还谈。我说出了我所以作新诗的理由，不为这个，不为那个，只为它是一种崭新的工具，有充分发展的可能；它是一方未垦的膏壤，有丰美收成的希望。诗的本质是一成不变万古长新的；它便是人性。诗的形体则是一代有一代的：一种形体的长处发展完了，便应当另外创造一种形体来代替；一种形体的时代之长短完全由这种形体的含性之大小而定。诗的本质是向内发展的，诗的形体是向外发展的。《诗经》、《楚辞》、何默尔[1]的史诗，这些都是几千年上的文学产品，但是我们这班后生几千年的人读起它们来仍然受很深的感动；这便是因为它们能把永恒的人性捉到一相或多相，于是它们就跟着人性一同不朽了。至于诗的形体则我们常看见它们在那里新陈代谢。拿中国的诗来讲，赋体在楚汉发展到了极点，便有“诗”体代之而兴。“诗”体的含性最大，它的时代也最长；自汉代上溯战国下达唐代，都是它的时代。在这长的时代当中，四言盛于战国，五古盛于汉魏六朝唐代，七古盛

[1] 何默尔，即荷马，古希腊诗人。相传著名史诗《伊利亚特》和《奥德塞》为他所作。

于唐宋，乐府盛的时代与五古相同，律绝盛于唐。到了五代两宋，便有词体代“诗”体而兴。到了元明与清，词体又一衍而成曲体。再拿英国的诗来讲，无韵体（blank verse）与十四行诗（sonnet）盛于伊丽沙白时代，乐府体（ballad measure）盛于十七世纪中叶，骈韵体（rhymed couplet）盛于多莱登（Dryden）、蒲卜（Pope）两人的手中。我们的新诗不过说是一种代曲体而兴的诗体，将来它的内含一齐发展出来了的时候，自然会另有一种别的更新的诗体来代替它。但是如今正是新诗的时代，我们应当尽力来搜求，发展它的长处。就文学史上看来，差不多每种诗体的最盛时期都是这种诗体运用的初期；所以现在工具是有了，看我们会不会运用它。我们要是争气，那我们便有身预或目击盛况的福气；要是不争气，那新诗的兴盛只好再等五十年甚至一百年了。现在的新诗，在抒情方面，近两年来已经略具雏形；但叙事诗与诗剧则仍在胚胎之中。据我的推测，叙事诗将在未来的新诗上占最重要的位置。因为叙事体的弹性极大，《孔雀东南飞》与何默尔的两部史诗（叙事诗之一种）便是强有力的证据。所以我推想新诗将以叙事体来做人性的综合描写。

两行高大的树影矗立在两旁，我们已经走到槐路上了。雨滴稀疏地淅沥着。右望海水，一片昏黑，只有灯光的倒影与海那边的几点灯光闪亮。倒是为了这个缘故，我们的面前更觉得空旷了。

我们走到了团城下的石桥，走上桥时，两人的脚步不期然而然地同时停下。桥左的一泓水中长满了荷叶：有初出水的，贴水浮着；有已出水的，荷梗承着叶盘，或高或矮，或正或欹；叶面是青色，叶底则淡青中带黄。在暗淡的灯光之下，一切的水禽皆已栖息了，只有鱼儿唼喋的声音，跃波的声音，杂着曼长的水蚓的轻嘶，可以听到。夜风吹过我们的耳边，低语道：一切皆已休息了，连月姊都在云中闭了眼安眠，不上天空之内走她孤寂的路程；你们也听着鱼蚓的催眠歌，入梦去罢。

咬菜根

“咬得菜根，百事可做。”这句成语，便是我们祖先留传下来，教我们不要怕吃苦的意思。

还记得少年的时候，立志要做一个轰轰烈烈的英雄，当时不知在哪本书内发现了这句格言，于是拿起案头的笔，将它恭楷抄出，粘在书桌右方的墙上，并且在胸中下了十二分的决心，在中饭时候，一定要牺牲别样的菜不吃，而专咬菜根。上桌之后，果然战退了肉丝焦炒香干的诱惑，致全力于青菜汤的碗里搜求菜根。找到之后，一面着力地咬，一面又在心中决定，将来做了英雄的时候，一定要叫老唐妈特别为我一人炒一大盘肉丝香干摆上得胜之筵。

萝卜当然也是一种菜根。有一个新鲜的早晨，在卖菜的吆喝声中，起身披衣出房，看见桌上放着一碗雪白的热气腾腾的粥，粥碗前是一盘腌菜，有长条的青黄色的豇豆，有灯笼形的通红的辣椒，还有萝卜，米白色而圆滑，有如一些煮熟了的鸡蛋。这与范文正的淡黄荠差得多远！我相信那个说咬得菜根百事可做的老祖宗，要是看见了这样的一顿早饭，决定会摇他那白发之头的。

还有一种菜根，白薯。但是白薯并不难咬，我看我们的那班能吃苦的祖先，如果由奈何桥或是望乡台在过年过节的时候回家，我们决不可供些什么煮得木头般硬的鸡或是浑身有刺的鱼。因为他们老人家的牙齿都掉完了，一定领略不了我们这班后人的孝心；我们不如供上一盘最容易咬的食品：煮白薯。

如果咬菜根能算得艰苦卓绝，那我简直可以算得艰苦卓绝中最艰苦卓绝的人了。因为我不单能咬白薯，并且能咬这白薯的皮。给我一个刚出灶的烤白薯，我是百事可做的；甚至教我将那金子一般黄的肉通通让给你，我都做得到。唯独有一件事，我却不肯做，那就是把烤白薯的皮也让给你；它是全个烤白薯的精华，又香又脆，正如那张红皮，是全个红烧肘子的精华一样。

山药、慈姑，也是菜根。但是你如果拿它们来给我咬，我并不拒绝。

我并非一个主张素食的人，但是却不反对咬菜根。据西方的植物学者的调查，中国人吃的菜蔬有六百种，比他们多六倍。我宁可这六百种的菜根，种种都咬到，都不肯咬一咬那名扬四海的猪尾或是那摇来乞怜的狗尾，或是那长了疮脓血也不多的耗子尾巴。

书

拿起一本书来，先不必研究它的内容，只是它的外形，就已经很够我们的赏鉴了。

那眼睛看来最舒服的黄色毛边纸，单是纸色已经在我们的心目中引起一种幻觉，令我们以为这书是一个逃免了时间之摧残的遗民。它所以能幸免而来与我们相见的这段历史的本身，就已经是一本书，值得我们的思索、感叹，更不须提起它的内含的真或美了。

还有那一个个正方的形状，美丽的单字，每个字的构成，都是一首诗；每个字的沿革，都是一部历史。飙是三条狗的风：在秋高草枯的旷野上，天上是一片青，地上是一片赭，中疾的猎犬风一般快地驰过，嗅着受伤之兽在草中滴下的血腥，顺了方向追去，听到枯草飒索地响，有如秋风卷过去一般。昏是婚的古字：在太阳下了山，对面不见人的时候，有一群人骑着马，擎着红光闪闪的火把，悄悄向一个人家走近。等着到了竹篱柴门之旁的时候，在狗吠声中，趁着门还未闭，一声喊齐拥而入，让新郎从打麦场上挟起惊呼的新娘打马而回。同来的人则抵挡着新娘的父兄，做个不打不成交的亲家。

印书的字体有许多种：宋体挺秀有如柳字，麻沙体夭矫有如欧字，书法体娟秀有如褚字，楷体端方有如颜字。楷体是最常见的了。这里面又分出许多不同的种类来：一种是通行的正方体；还有一种是窄长的楷体，棱角最显；一种是扁短的楷体，浑厚颇有古风。还有写的书：或全体楷体，或半楷体，它们不单看来有一种密切的感觉，并且有时有古代的写本，很足以考证今本的印误，以及文字的假借。

如果在你面前的是一本旧书，则开章第一篇你便将看见许多朱色的印章，有的是雅号，有的是姓名。在这些姓名别号之中，你说不定可以发现古代的收藏家或是名倾一世的文人，那时候你便可以让幻想驰骋于这朱红的方场之中，构成许多缥缈的空中楼阁来。还有那些朱圈，有的圈得豪放，有的圈得森严，你可以就它们的姿态，以及它们的位置，悬想出读这本书的人是一个少年，还是老人；是一个放荡不羁的才子，还是老成持重的儒者。你也能借此揣摩出这主人翁的命运：他的书何以流散到了人间？是子孙不肖，将它舍弃了？是遭兵逃反，被一班庸奴偷窃出了他的藏书楼？还是运气不好，家道中衰，自己将它售卖了，来填偿债务，或是支持家庭？书的旧主人是这样。我呢？我这书的今主人呢？他当时对着雕花的端砚，拿起新发的朱笔，在清淡的炉香气息中，圈点这本他心爱的书，那时候，他是决想不到这本书的未来命运，他自己的未来命运，是个怎样结局的；正如这现在读着这本书的我，不能知道我未来的命运将要如何一般。

更进一层，让我们来想象那作书人的命运：他的悲哀，他的失望，无一不自然地流露在这本书的字里行间。让我们读的时候，时而跟着他啼，时而为他扼腕太息。要是，不幸上再加上不幸，遇到秦始皇或是董卓，将他一生心血呕成的文章，一把火烧为乌有；或是像《金瓶梅》、《红楼梦》、《水浒》一般命运，被浅见者标作禁书，那更是多么可惜的事情呵！

天下事真是不如意的多。不讲别的，只说书这件东西，它是再与世无争也没有的了，也都要受这种厄运的摧残。至于那琉璃一般脆弱的美人，白鹤一般兀傲的文士，他们的遭忌更是不言可喻了。试想含意未伸的文人，他们在不得意时，有的樵采，有的放牛，不仅无异于庸人，并且备受家人或主子的轻蔑与凌辱；然而他们天生的性格倔强，世俗越对他白眼，他却越有精神。他们有的把柴挑在背后，拿书在手里读；有的骑在牛背上，将书挂在牛角上读；有的在蚊声如雷的夏夜，囊了萤照着书读；有的在寒风冻指的冬夜，拿了书映着雪读。然而时光是不等人的，等到他们学问已成的时候，眼光是早已花了，头发是早已白了，只是在他们的头额上新添加了一些深而长的皱纹。

咳！不如趁着眼睛还清朗，鬓发尚未成霜，多读一读“人生”这本书罢！

空中楼阁

你说不定要问：空中怎么建造得起楼阁来呢？连流星那么小雪片那么轻的东西都要从空中坠落下来，落花一般地坠落下来，更何况楼阁？我也不知怎样的，然而空中实在是有楼阁。玉皇大帝的灵霄宝殿、王母的瑶池同蟠桃园、老君的炼丹房以及三十三天中一切的洞天仙府，真是数不尽说不完的。它们之中，只须有一座从半空倒下来，我们地上这班凡人，就会没命了。幸而相安无事，至今还不曾发生过什么危险。虽然古时有过共工用头（这头一定比小说内所讲的铜头铁臂的铜头还要结实）碰断天柱的事体发生，不过侥幸女娲补得快，还不曾闹出什么大岔子，只是在雨后澄霁的时光，偶尔还看见那弧形的五彩裂纹依然存在着。现在是没有共工那种人了，我们尽可放心地睡眠，不必杞人忧天罢！

共工真是一个傻子，不顾别人的性命，还有可说；他却连自己的性命都不顾了。也很难讲，谁敢说他不是觉着人间的房屋太低陋龌龊了，要打通一条上天的路，领着他的一班手下的人，学齐天大圣那样的去大闹一次天宫，把玉皇大帝赶下宝座，他自己却与一班手下人霸占起一切的空中楼阁呢。女娲一定是为了凡间的姊妹大起恐慌，因为那班急色的男子，最喜欢想仙女的心思。他们遇到一个美貌的女子，总是称赞她像天仙。万一共工同他的将士，真正上了天，他们还不个个都做起刘晨、阮肇来，将家中一班怨女，都抛撇在人间守活寡吗？

并且天上的宫殿，都是拿蔚蓝的玉石铺地，黄金的暮云筑墙，灯是圆大的朝阳，烛是辉煌的彗星，也难怪共工想登天了。在那边园囿之中，有白的梅花鹿，遨游月宫的白兔，耸着耳朵坐在钵前，用一对前掌握着玉杵捣霜，还有填桥的喜鹊鼓噪，衔书的青鸟飞翔，萧史跨着的凤凰在空中巧啭着它那比箫还悠扬宛转的歌声。银白的天河在平原中无声地流过，岸旁茂生着梨花一般白的碧桃，累累垂有长生之果的蟠桃，引刘阮入天台的绛桃。别的树木更是多不胜举。菌形的灵芝黑得如同一柄墨玉的如意。郊野之中，也有许多的虫豸，蚀月的蟾蜍呵，啼声像鬼哭的九头鸟呵，天狼呵，天狗呵，牛郎的牛呵，老君的牛呵，还有那张果老骑的驴子，它都比凡人尊贵，能够住在天上。

咳！在古代不说做人了！就是做鸡狗都有福气。那时的人修行得道，连家中的鸡狗，都是跟着飞升的。你瞧那公鸡，它斜了眼睛，尽向天上望，它一定是在羡慕它的那些白日飞升的祖宗呢。空中的楼阁，海上的蜃楼，深山的洞府，世外的桃源，完了，都完了，生在现代的人，既没有琴高的鲤，太白的鲸鱼，骑着去访海外的仙山；也没有黄帝的龙，后羿的金乌，跨了去游空中的楼阁。

寓言

从前的时候，人不怕老虎，老虎也不咬人。

有一天，王大在山里打了许多野鸡野兔，太多了，他一个人驮不动，只好分些绑在猎犬的背上，惹得那狗涎垂一尺，尽拿舌头去舐鼻子。猎户一面走着，一面心里盘算哪只兔子留着送女相好，哪只野鸡拿去镇上卖了钱推牌九。

他正这样思忖的时候，忽见前头来了一只老虎，垂头丧气的与一个大输而回的赌徒差不多。

王大说："您好呀？寅先生为何这般愁闷，愁闷得像一匹丧家之犬。看你那尾巴，向来是直如钢鞭的，如今却夹起在大腿之间了；还有那脚步向来是快如风的，如今也像缠了脚的老太太，进三步退两步了。"

老虎说："王老，你有所不知，说起来话真长着呢！"说到这里，它叹气连天的。"我家有八旬老母，双眼皆瞎，又有才满月的豚儿，还睡在摇篮里，偏偏在这时把拙荆亡去了。今天一清早，我就出去寻找食物，走了一个整天——"说到这里，它忽然看见王大背上与猎犬背上满载着的野品，便道："呀，原来都在这里，怪不得我空跑了一天呢！"

它接着哀恳道："王老，先下手为强，这句俗语我也知道。不过，我实在是家有老母小儿，它们已经整天不曾有一物下咽了。我如今正年富力强，饿上十天半个月还不打紧，它们一老一幼，却怎么挨得过呢！万一它们有个长短——"

它说到这里，忍不住地伤心大哭起来，一颗颗的眼泪，从大而圆的眼眶里面滴下，好像许多李子杏子似的。它的哭声惊动了头顶上树枝间的割麦插禾[1]，一齐飞入天空，问道："这是为何？这是为何？"

王大只是摇头。

老虎又哀求道："不看金面看佛面，我前生也姓王，只看我额上的王字便是记认。你对于同宗，难道也忍心坐视不救

[1] 割麦插禾，民间故事中一到春天就叫着"割麦插禾、割麦插禾"的雀鸟。也被叫作布谷鸟。

吗？”

王大只是摇头。

老虎陡然暴怒起来，它大吼一声，跳上去把王大的头一口咬下来，说道：“看你再摇，这铁石心肠的畜生！”

猎狗摇着尾巴，笑嘻嘻地说：“大王，你过劳贵体了，让小畜替你把这些野鸡野兔连着王大的身体一齐驮去宝洞罢！”

自此之后，老虎知道人是一种贱的东西，只怕强权，不讲道理，于是逢着便咬，报它昔日的仇。

衚衕

我曾经向子惠说过，词不仅本身有高度的美，就是它的牌名，都精巧之至。即如《渡江云》、《荷叶杯》、《摸鱼儿》、《真珠帘》、《眼儿媚》、《好事近》这些词牌名，一个就是一首好词。我常时翻开词集，并不读它，只是拿着这些词牌名慢慢地咀嚼。那时我所得的乐趣，真不下似读绝句或是嚼橄榄。京中胡同的名称，与词牌名一样，也常时在寥寥的两三字里面，充满了色彩与暗示，好像龙头井、骑河楼等等名字，它们的美是毫不差似《夜行船》、《恋绣衾》等等词牌名的。

胡同是衚衕的省写。据文字学者说，是与上海的弄一同源自巷字。元人李好古作的《张生煮海》一曲之内，曾经提到羊市角头砖塔儿衚衕，这两个字入文，恐怕要算此曲最早了。各胡同中，最为国人所知的，要算八大胡同；这与唐代长安的北里，清末上海的四马路的出名，是一个道理。

京中的胡同有一点最引人注意，这便是名称的重复：口袋胡同、苏州胡同、梯子胡同、马神庙、弓弦胡同，到处都是，与王麻子、乐家老铺之多一样，令初来京中的人，极其感到不便。然而等我们知道了口袋胡同是此路不通的死胡同，与“闷葫芦瓜儿”、“蒙福禄馆”是一件东西，苏州胡同是京人替住有南方人——不管他们的籍贯是杭州或是无锡——的街巷取的名字，弓弦胡同是与弓背胡同相对而定的象形的名称，以后我们便会觉得这些名字是多么有色彩，是多么胜似纽约的那些单调的什么Fifth Avenue，Fourteenth Street，以及上海的侮辱我国的按通商五口取名的什么南京路、九江路。那时候就是被全国中最稳最快的京中人力车夫说一句“先儿，你多给两子儿”，也是得偿所失的。尤其是苏州胡同一名，它的暗示力极大。因为在当初，交通不便的时候，南方人很少来京，除去举子；并且很少住京，除去京官。南边话同京白又相差得那般远，也难怪那些生于斯、卒于斯、眼里只有北京、耳里只有北京的居民，将他们聚居的胡同，定名为苏州胡同了。（苏州的土白，是南边话中最特采的；女子是全国中最柔媚的。）梯子胡同之多，可以看出当初有许多房屋是因山而筑，那街道看去有如梯子似的。京中有很多的马神庙，也可令我们深思，何以龙王庙不多，偏多马神庙呢？何以北京有这么多马神庙，南京却一个也不见呢？南人乘舟，北人乘马，我们记得北京是元代的都城，那铁蹄直踏进中欧的鞑靼，正是修建这些庙宇的人呢！燕昭王为骏骨筑黄金台，那可以说是京中的第一座马神庙了。

京中的胡同有许多以井得名。如上文提及的龙头井以及甜水井、苦水井、二眼井、三眼井、四眼井、井儿胡同、南井胡同、北井胡同、高井胡同、王府井等等，这是因为北方水分稀少，煮饭、烹茶、洗衣、沐面，水的用途又极大，所以当时的人，用了很笨缓的方法，凿出了一口井之后，他们的快乐是不可言状的，于是以井名街，纪念成功。

胡同的名称，不特暗示出京人的生活与想象，还有取灯胡同、妞妞房等类的胡同。不懂京话的人，是不知何所取意的。并且指点出京城的沿革与区分：羊市、猪市、骡马市、驴市、礼士胡同、菜市、缸瓦市，这些街名之内，除去猪市尚存旧意之外，其余的都已改头换面，只能让后来者凭了一些虚名来悬拟当初这几处地方的情形了。户部街、太仆寺街、兵马司、缎司、銮舆卫、织机卫、细砖厂、箭厂，谁看到了这些名字，能不联想起那辉煌的过去，而感觉一种超现实的兴趣？

黄龙瓦、朱垩墙的皇城，如今已将拆毁尽了。将来的人，只好凭了皇城根这一类的街名，来揣想那内城之内、禁城之外的一圈皇城的位置罢？那丹青照耀的两座单牌楼呢？那形影深嵌在我童年想象中的壮伟的牌楼呢？它们哪里去了？看看那驼背龟皮的四牌楼，它们手拄着拐杖，身躯不支的，不久也要追随早夭的兄弟于地下了！

破坏的风沙，卷过这全个古都，甚至不与人争韬声匿影如街名的物件，都不能免于此厄。那富于暗示力的劈柴胡同，被改作辟才胡同了；那有传说作背景的烂面胡同，被改作缅缦胡同了；那地方色彩浓厚的蝎子庙，被改作协资庙了。没有一个不是由新奇降为平庸，由优美流为劣下。狗尾巴胡同改作高义伯胡同，鬼门关改作贵人关，勾阑胡同改作钩帘胡同，大脚胡同改作达教胡同：这些说不定都是巷内居者要改的，然而他们也未免太不达教了。阮大铖住南京的袴裆巷，伦敦的Rotten Row为贵族所居之街，都不曾听说他们要改街名，难道能达观的只有古人与西人吗？内丰的人，外啬一点，并无轻重。司马相如是一代的文人，他的小名却叫犬子。《子不语》

书中说，当时有狗氏兄弟中举。庄子自己愿意为龟。颐和园中慈禧后居住的乐寿堂前立有龟石。古人的达观，真是值得深思的。

迎神

——过檀香山岛作

是一个弦月之夜。白色的祈塔与巨石的祭坛竖立在海岸沙滩上。晚汐舐黄沙作声，一道道的湖水好像些白龙自海底应召而来。干如垩过的伞形棕榈静立在微光之下。朦胧中可以看见祭场四隅及中央的木雕与石镌的窄长而幻怪的神首，有如适从地府伸出头来，身躯尚在黄泉之内似的。

祭司身上一丝不挂，手执香炬，虔步入白塔之中。他旋转上塔的最高层，在寂静与缥缈中对着天空海洋默祷，求神祇下降。

祷了又祷，直至一颗星落下苍穹：神祇降了！他狂喜地——因为这一夜他若是祷不下大神来，便将被土人视为污渎而剥皮——他狂喜地挽起角螺来，自东西南北四方的窗棂吹出迎神之调，到居住在茅草铺的、或板木搭的房屋的岛民耳中，叫他们知道，神祇降了！

他们一片欢呼地，在袒裸之棕色身躯上围起青草扎成的短裙，把那用头发与鲸牙雕具编的圈练悬挂在颈项，手里敲着硕大的葫芦，舞蹈到沙滩之上来。

岛王闻声，披起了犬牙编制的胸甲，排列仪仗，双掌高捧一个白羽为面、赤羽为眉目口鼻的神首，领着王后宫女与侍卫的武士，也向沙滩而来。

祭坛上已经燃了鲸膏之燎。燎火闪灼地照见坛的四围，以及各神首的周遭，都有岛民绕着在狂舞高歌。沉重郁闷的葫芦声响，嘹亮嘈杂的金器铿锵，杂着坛上燎火中柴木的爆裂，融合成了一曲热烈而奇异的迎神之歌。

但葫芦金器的声响，忽然停了，歌唱也止了，因为他们看见白羽的神面捧到了祭坛的燎火当前，他们一齐匍匐上了白沙之地。

侍御的胡刺乐工轻拨动胡刺的胶弦，在悄静中低语。有如从辽远的古昔中，行近了逝者的叹声，叹那些先他们而离世的泉下人，有些是漂着一叶刀鱼形的小舟，一去不回，葬身在鱼腹之中；有些是在这四周被海围起的小岛上，同繁殖的兽群争竞一息的生机，终于丧了生命。弦声颤抖着、哽咽着，把岛民的悲哀挣扎，一齐倾吐在这悄然谛听着的神首之前，求他继续着他的庇佑。不然，那终古拿舌舐着这岛屿的洋便会携带了长喙的鳄鱼、银甲的鲨鱼、须锐长如矛头的巨虾、头庞大过屋舍的长鲸，以及数不清的黏胶、恶臭、瘤疖满身如蟾拨、形状丑怪如魔鬼的海中物类，来湮没尽这岛屿，吞咽尽这些虔诚的男女，那时纯洁的祈塔、巩固的祭坛都要随了人类荡涤净尽，更无匏金的声响、舞蹈的火焰，来娱悦这羽翼此岛的神祇了。

祭祀的牺牲这时已经都陈设在祭坛之上：白如处女的兔子、披着彩衣的野雉、四掌有如鱼鳍的玳瑁、花皮有如人工的鱼类、顶戴王冠的波罗蜜、芬芳远溢的五谷——这些都由祭司捧着，绕行白羽的神面三周，投入了跳跃着伸舌的燎火之中。白烟挟着香味，像一条蜿蜒的白蛇升上了天空。

岛民又立起身，绕着白羽的神面，歌唱起来。这送神之歌不像迎神时那样嘈杂不安了。它像一个催眠的歌调，茅屋中袒裸的母亲在身画龙蛇的婴孩的摇篮旁边低吟的一个催眠的歌调；它好像自近而远，送神祇随了白烟飞腾上夜云之幕，送那如梦中幻景的一声不响的岛王与仪仗捧着白羽的神面复回岛宫，送那镰刀形的弦月暂时朦胧在昼夜无眠的浪涛上，终于沉下了海底。

和平与黑暗降下了这一片人已散尽火已烬灭的平沙之上，只有高耸的塔影、酣眠的棕榈尚可依稀地看见。

日与月的神话

景深兄：近来作了几首英文诗，是取材自我国的神话，作时猛然悟出这些神话是极其美丽。即如太阳在文学中叫作金乌，这名字已经用滥了。但是我们把这两个字揣摩一番之后，便可知道它们好像一颗金橘，在很小的果皮之内蕴满了想象的甜汁，虽然随处都有，见年复生，仍旧减去不了它的佳妙。把太阳比作乌鸦，有两层道理：很显明的一层便是太阳飞过天空像乌鸦一样，第二层道理是人在向太阳直望了一刻之后，转看他物，便如有一黑物阻梗在眼前。古人的想象把这黑的观念同飞的观念联络起来，于是把太阳比作了乌鸦。乌鸦的毛，因光泽之故，对光看时，呈现金色。这更使这比喻来得的确。

日起扶桑，日落若木：这并非异想天开，确有道理。太阳起落之时，云霞确实像树，枝条四展的树。若木的若字最有意味。并且乌鸦不是筑巢在树上吗？日起落时的霞彩是宇宙中美景之一，中外的诗人都曾极力描写过，有人比它作头发，那是英国的Spenser，他的那行诗是状比朝霞，我忘记掉了，不过雪莱套他写了一行Blind with thine hair the eyes of day（见《夜》）；有人比它作阑干，那是英国的济慈，那行诗是When barred clouds bloom the soft-dying day（见《秋曲》），我在《日色》中也曾写过这样几行：

云天上幻出扇形，

仿佛羲和的车轮，

慢慢地

沉没下西方。

这些譬喻中，试问，哪一个能胜过“扶桑”——桑，对了，那是中国的国树，不是oak，不是fir，不是linden，不是holly——试问哪一个能胜过“若木”——从“艸”字头的若，骤看起来，真像一个树名呢。

月亮有神，这是无论哪一国都那般想象的。但是自有文化的一两万年以来，却不曾有过一国像我们中国这样，对于月亮中的黑影也加以想象的解释。桂树便是这样在月宫旁生长了起来。缥缈的桂花香息虽能稍解望月的人对这一轮圆镜中阴影的憎恶，古人的想象终于免不了造出一个吴刚来，掮起斧头去斫树根。但是斧头尽管砍它的，阴影仍然存留着。这当然是因为吴刚太老了，不中用了。要是换个壮汉子运斤成风，桂树是早已砍倒了。

后羿射落九日，只留一日，这传说的来源极古。年代久远，后人便把羿与太阳混合在了一起。他们见月升于日落时，日出时又隐去，便想象这是太阳在追赶着月亮。不能是月亮追赶太阳，因为从不曾有过阴追赶阳的事情。在他们想象中，太阳是后羿，于是月亮便成功了他的逃妻。其实我们知道，后羿的妻子并不曾偷到什么不死之药吞了，逃去月中做了月神，她是被后羿的国相寒浞偷了！月亮里有兔子那是当然。并且是白的家兔，不是黄的野兔。这畜生捣霜的本领委实太差：你看那月光下的草地，不是溅满了霜沫吗？

弟子沅　十七年三月十二日

画虎

“画虎不成反类狗，刻鹄不成尚类鹜。”自从这两句话一说出口，中国人便一天没有出息似一天了。

谁想得到这两句话是南征交趾的马援说的。听他说这话的侄儿，如若明白道理，一定会反问：“伯伯，你老人家当初征交趾的时候，可曾这样想过：征交趾如若不成功，那就要送命，不如作一篇《南征赋》罢。因为《南征赋》作不成，终究留得有一条性命。”

这两句话为后人奉作至宝。单就文学方面来讲，一班胆小如鼠的老前辈便是这样警劝后生：学老杜罢，学老杜罢，千万不要学李太白。因为老杜学不成，你至少还有个架子；学不成李的时候，你简直一无所有了。这学的风气一盛，李杜便从此不再出现于中国诗坛之上了。所有的只是一些杜的架子、或一些李的架子。试问这些行尸走肉的架子、这些骷髅，它们有什么用？光天化日之下，与其让这些怪物来显形，倒不如一无所有反而好些。因为人真知道了无，才能创造有；拥着伪有的时候，绝无创造真有之望。

狗，鹜。鹜真强似狗吗？试问它们两个当中，是谁怕谁？是狗怕鹜呢，还是鹜怕狗？是谁最聪明，能够永远警醒，无论小偷的脚步多么轻，它都能立刻扬起愤怒之呼声将鄙贱惊退？

画不成的老虎，真像狗；刻不成的鸿鹄，真像鹜吗？不然，不然。成功了便是虎同鹄，不成功时便都是怪物。

成功又分两种：一种是画匠的成功，一种是画家的成功。画匠只能模拟虎与鹄的形色，求到一个像罢了。画家他深探入创形的秘密，发现这形后面有一个什么神，发号施令，在陆地则赋形为劲悍的肢体、巨丽的皮革，在天空则赋形为剽疾的翮翼、润泽的羽毛：他然后以形与色为血肉毛骨，纳入那神，抟成他自己的虎鹄。

拿物质文明来比方：研究人类科学的人如若只能亦步亦趋，最多也不过贩进一些西洋的政治学、经济学，既不合时宜，又常多短缺。实用物质科学的人如若只知萧规曹随，最多也不过摹成一些欧式的工厂商店，重演出惨剧，肥寡不肥众。日本便是这样：它古代摹拟到一点中国的文化，有了它的文字、美术；近代摹拟到一点西方的文化，有了它的社会实业：它只是国家中的画匠。我们这有几千年特质文化的国家不该如此。我们应该贯进物质文化的内心，搜出各根柢原理，观察它们是怎样配合的，怎样变化的，再追求这些原理之中有哪些应当铲除，此外还有些什么原理应当加入，然后淘汰扩张，重新交配，重新演化，以造成东方的物质文化。

东方的画师呀！麒麟死了，狮子睡了，你还不应该拿起那支当时伏羲画八卦的笔来，在朝阳的丹凤声中，点了睛，让困在壁间的龙腾越上苍天吗？

徒步旅行者

往常看见报纸上登载着某人某人徒步旅行的新闻，我总在心上泛起一种辽远的感觉，觉得这些徒步旅行者是属于另一个世界——一个浪漫的世界；他们与我，一个刻板式的家居者，是完全道不同不相为谋的。我思忖着，每人与生俱来的都带有一点冒险性，即使他是中国人，一个最缺乏冒险性的民族……希腊人不也是一个习于家居，不愿轻易地离开乡土的民族么？然而几千年来的文学中，那个最浪漫的冒险故事，《奥德赛》，它正是希腊民族的产品。这一点冒险性既是内在的，它必然就要去自寻外发的途径，大规模的或是小规模的，顾及实益的或是超乎实益的。林德白的横渡大西洋飞航，孛尔得的南极探险，这些都是大规模的，因之也不得不是顾及实益的——虽然不一定是顾虑到个人的实益——唯有小规模的徒步旅行，它是超乎实益的，它并不曾存着一种目的，任是扩大国家的版图，或是准备将来军事上的需要，或是采集科学上的文献；徒步旅行如其有目的，我们最多也不过能说它是一种虚荣心的满足，这也是人情，不能加以非议——那一张沿途上行政人物的签名单也算不了什么宝贝，我们这些安逸的家居者倒不必去眼红，尽管由它去落在徒步旅行者的手中，作一个纪念品好了。这一种的虚荣心倒远强似那种两个人骂街，都要占最后一句话的上风的虚荣心。所以，就一方面说来，徒步旅行也能算得是艺术的。

史蒂文生作过一篇《徒步旅行》，说得津津有味；往常我读它，也只是用了文学的眼光，就好像读他的《骑驴旅行》那样。一直到后来，在文学传记中知道了史氏自己是曾经尝过徒步旅行的苦楚的，是曾经在美国西部——这地方离开苏格兰，他的故乡，是多么远！——步行了多时，终于倒在地上，累的还是饿的呢，我记不清楚了，幸亏有人走过，将他救了转来的，到了这时候，我回想起来他的那篇《徒步旅行》，那篇文笔如彼轻灵的小品文，我便十分亲切地感觉到，好的文学确是痛苦的结晶品；我又肃敬地感觉到，史氏身受到人生的痛苦而不容许这种丑恶的痛苦侵入他的文字之中，实在不愧为一个伟大的客观的艺术家，那“为艺术而艺术”的一句话，史氏确是可以当之而无愧。

史氏又有一篇短篇小说，Providence and the Guitar，里面描写一个富有波希米亚性的歌者的浪游，那篇短篇小说的性质又与上引的《徒步旅行》不同，那是《吉诃德先生》的一幅缩影，与孟代（Catulle Mendés）的

Je m’en vais par les chemins，li-re-lin

一首歌词的境地倒是类似。孟氏的这首歌词说一个诗人浪游于原野之上，布袋里有一块白面包，口袋里有三个铜钱——心坎里有他的爱友——等到白面包与铜钱都被扉手给捞去了的时候，他邀请这个扉手把他的口袋也一齐捞去，因为他在心坎里依然存得有他的爱友。这是中古时代行吟诗人Troubadour的派头；没有中古时代，便容不了这些行吟诗人，连危用（Villon）都嫌生迟了时代，何况孟氏。这个，我们只能认它作孟氏的取其快意的寄寓之词罢了。

就那个由浪游者改行做了诗人的岱维士（W. H. Davies）说来，徒步旅行实在是他的拿手——虽说能以偷车的时候，他也乐得偷车。据他的《自传》所说，徒步旅行有两种苦处，狗

与雨。他的《自传》那篇诚实的毫不浮夸的记载，只是很简单的一笔便将狗这一层苦处带过去了；不知道他是怕狗的呢，还是他做过对不住狗这一族的事——至少，我们可以想象得出，狗的多事未尝不是为了主人，这个，就一个同情心最开阔的诗人说来，岱氏是应当已经宽恕了的；不过，在当时，肚里空着，身上冻着，腿上酸着，羞辱在他的心上，脸上，再还要加上那一阵吠声，紧追在背后提醒着他，如今是处在怎样的一种景况之内，这个，便无论一个人的容量有多么大，岱氏想必也是不能不介然于怀的。关于雨这一层苦处，岱氏说得很详尽；这个雨并非

润物细无声

的那种毛毛雨（其实说来，并不一定要它有声，只要它润了一天一夜，徒步旅行者便要在身上、心上沉重许多斤了），这个雨也并非

花落知多少

的那种隔岸观火的家居者的闲情逸致的雨；它不是一幅画中的风景，它是一种宇宙中的实体，濡湿的，寒冷的，泥泞的。那连三接四的梅雨，就家居者看来，都是十分烦闷，惹厌，要耽误他们的许多事务，败兴他们的各种娱乐；何况是在没遮拦的

荒野中，那雨向你的身上，向你的没有穿着雨衣的身上洒来，浸入，路旁虽说有漾出火光的房屋，但是那两扇门向了你紧闭着，好像一张方口哑笑地向了你在张大，深刻化你的孤单、寒冷的感觉，这时候的雨是怎么一种滋味，你总也可以想象得出罢……不然，你可以去读岱氏的《自传》，去咀嚼杜甫的

布衾多年冷似铁，

娇儿恶卧踏里裂，

长夜沾湿何由彻！

那三句诗；再不然，你可以牺牲了安逸的家居，去做一个毫无准备的徒步旅行者。

杜甫也是一个迫于无奈的徒步旅行者；只要看他的

芒鞋见天子，

脱袖露两肘。

这寥寥十个字，我们便可以想象得出，他是步行了多少的时日，在途中与多少的困苦摩肩而过，以致两只衣袖都烂脱了；我们更可以想象开去，他穿着一双草鞋，多半是破的，去朝见皇帝于宫廷之上，在许多衣冠整肃的官吏当中，那是，就他自己说来，够多么可惨的一种境况；那是，就俗人说来，多么叫人齿冷的一种境况……至所谓

相见惊老丑

他还只曾说到他的“所亲”呢。

我记得有一次坐火车经过黄河铁桥，正在一座一座地数计着铁栏的时候，看见一个老年的徒步旅行者站在桥的边沿，穿着破旧的还没有脱袖的短袄，背着一把雨伞，伞柄上吊着一个包袱；我当时心上所泛起的只是一种辽远的感觉，以及一种自己增加了坐火车的舒适的感觉……人类的囿于自我的根性呀！像我这样一个从事于文学的人尚且如此，旁人还能加以责备么？现在我所唯一引以自慰的，便是我还不曾堕落到那种嘲笑他们那般徒步旅行者的田地；杜甫的诗的沉痛，我当时虽是不能体味到，至少，我还没有嘲笑，我还没有自绝于这种体味。淡漠还算得是人之常情，敌视便是鄙俗了。

西方的徒步旅行者，我是说的那种迫于无奈的，我不知道他们是怎么一种行头，虽说吉卜西的描写与他们的插图我是看见过的，大概就是那般在街上卖毯子的俄国人的装束，就那般瑟缩在轮船的甲板上的外国人的装束想象开去，我们也可以捉摸到一二了……这许多漂泊的异乡人内，不知道也有多少《哀王孙》的诗料呢。

这卖毯子的人教我联想到危用，那个被驱出巴黎的徒步旅行者。他因为与同党窃售教堂中的物件，下了监牢，在牢里作成了那篇传诵到今的《吊死曲》，他是准备着上绞台的了；遇到皇帝登位，怜惜他的诗才，将他大赦，流徙出京城，这个“巴黎大学”的硕士，驰名于全巴黎的诗人便卢梭式地维持着生活，向南方步行而去；在奥类昂公爵（Charles d'Orléans也是一个驰名的诗人）的堡邸中，他逗留了一时，与公爵以及公爵的侍臣唱和了一篇限题为

在泉水的边沿我渴得要死

的ballade（巴俚曲）——大概也借了几个钱——接着，他又开始了他的浪游，一直到保兜地方，他才停歇了下来，因为又犯了事，被逼得停歇在一个地窖里。这又是教堂中人干的事；那个定罪名的主教治得他真厉害，不给他水喝——忘记了耶稣曾经感化过一个妓女——只给他面包吃，还不是新鲜的，他睡去了的时候，还要让地窖里的老鼠来分食这已经是少量的陈面包。徒步旅行者的生活到了这种田地，也算得无以复加了。

周邦彦的《大酺》

“对宿烟收，春禽静，飞雨时鸣高屋。墙头青玉旆，洗铅霜都尽，嫩梢相触。润逼琴丝，寒侵枕障，虫网吹黏帘竹。”

南方的房屋高而瘦，不像北方的那样矮而肥；并且它们也比北地的大得多。住在江南的房屋中，愉悦地感觉到一种虚幽的风味。加上南方的房屋是较深的，光线不容易透进来，在屋顶上又有几块半明半暗的天窗，更增加了室中的幽趣。在春天梅雨左右的时候，凡人手所接触到的东西都呈现一种新奇的潮润，并且一阵阵可喜的轻寒不时地向面上飘拂而来；连绵的雨声节奏地敲击于屋顶之上，在深邃的房屋中惊起了微妙的回音。

室口悬着去夏的竹帘；要是在北方，这时还是挂着冬天的青布棉帘呢。竹帘与房门一般，是阔而高的；帘腰上的横木用细绳系在屋檐之下，将帘悬起；绳子经过了不少的雨露风霜，变成深灰色了，有许多短的蛛丝黏附于绳上，帘纹间也可发现不少蛛丝的痕迹，至于介于竹帘与格子长门扇间的空间中更有一些完整的蛛网，网上还附着微小的雨点。帘与屋檐间有蛛网，在北方是不可能的，因帘常被掀起之故；在江南，则因竹帘有绳悬起，常处于不动的状态中，于是蜘蛛们的经纶之才便有了游刃的余地了。

我住屋的小院里有一棵杏树，枝叶茂密，纸条特别地柔韧，确有一种嫩梢相触的情景，宛不如北方的树木，枝与干一般地硬，像我们平常在古画中看见的一模一样。杏树的枝干是青黑色，叶子永远地新鲜，与北方雨后灰尘洗去的柳叶一样，在梅雨的时光中，杏叶上摇晃着一片白的颜色。杏荫覆满一院；屋中已是熹微的光景，被杏荫遮得更熹微了。室中的人，在这种时候，恍如置身于轻烟之中，又如神游于凉梦之内。

隔院是一棵刚才坼叶的梧桐，笔直的，大半截不见一叶，并且高而耸，与它身旁的檐壁一样。它活像一柄长伞，柄是淡绿，伞是可爱的透光的青。

不知从什么地方，不断地送来春鸠的啼声。

想入非非
——贾宝玉在出家一年以后去寻求藐姑射山的仙人

自从宝玉出了家以来，到如今已是一个整年了。从前的脂粉队，如今的袈裟服；从前的立社吟诗，如今的奉佛诵经……这些，相差有多远，那是不用说了。却也是他所自愿，不必去提。

只有一桩，是他所不曾预料得到的。那便是，他的这座禅林之内，并不只是他自己这一个僧徒。他们，恐怕是只有很少的几个人，像他这般，是由一个饱尝了世上的声色利欲的富家公子而勘破了凡间来皈依于我佛的。从前，他在史籍上所知道的一些高僧，例如达摩的神异、支遁的文采、玄奘的淹博，他们都只是旷世而一见的，并不能以在任何地方、任何时候都遇到。他所受戒的这座禅林，跋涉了许久，始行寻到的，自然是他所认为最好的了。在这里，有一个道貌清癯、熟谙释典的住持；便是在听到过他的一番说法以后，宝玉才肯决定了：在这里住下，剃度为僧的。这里又有静谧的禅房可以习道；又有与人间隔绝的胜景可以登临。不过，喜怒哀乐，亲疏同异，那是谁也免不了的，即使是僧人，像他这么整天地只是在忙着自己的经课，在僧众之间是寡于言笑的，自然是要常常地遭受闲言冷语了。

黛玉之死，使得他勘破了世情的，到如今，这一个整年以后，在他的心上，已经不像当初那么一想到便是痛如刀割了。甚至于，在有些时候——自然很少——他还曾经纳罕过，妙玉是怎么一个结果：她被强盗劫去了以后，到底是自尽了呢，还是被他们拦挡住了不曾自尽；还是，在一年半载，十年五载之后，她已经度惯了她的生活，当然不能说是欢喜，至少是，那一种有洁癖的人在沾触到不洁之物那时候所立刻发生的肉体之退缩已经没有了。

虽然如此，黛玉的形象，在他的心目之前，仍旧是存留着。或许不像当时那样显明，不过依然是清晰的。并且，她的形象每一次涌现于他的心坎底层的时候，在他的心头所泛起的温柔便增加了一分。

这一种柔和而甜蜜的感觉，一方面增加了他的留恋，一方面，在静夜，檐铃的声响传送到了他的耳边的时候，又使得他想起来了烦恼。因为，黛玉是怎么死去的？她岂不便是死于五情么？这使得她死去了的五情，它们居然还是存在于他——宝玉的胸中，并且，不仅是没有使得他死去，居然还给与了他一种生趣！

在头半年以内，无日无夜地，他都是在想着，悲悼着黛玉。这是很自然的事情。半年快要完了的时候，黛玉以外的各人，当然都是女子了，不知不觉地，渐渐地侵犯到他的心上，来占取他的回忆与专一。以至于到了下半年以内，她们已经平分得他的思想之一半了。这个使得他十分地感觉到不安，甚至于，自鄙。他在这种时候，总是想起了古人的三年庐墓之说……像他与黛玉的这种感情，比起父母与子女的感情来，或者不能说是要来得更为浓厚一些，至少是，一般地浓厚了；不过，简直谈不上三年的极哀，也谈不上后世所改制的一年的，他如今是半年以后，已经减退了他的对于黛玉之死的哀痛了。他也曾经想过各种各样的方法，要使得他的心内，在这一年里面，只有一个林妹妹，没有旁人——但是，他这颗像柳絮一般的心，漂浮在“悼亡”之水上的，并不能够禁阻住它自己，在其他的水流汇注入这片主流的时候，不去随了它们所激荡起的波折而回旋。

天长地久有时尽，

此恨绵绵无尽期。

这两句诗，他想，不是诗人的夸大之辞，便是他自己没有力量可以做得到。

在这种时候，他把自己来与黛玉一比较，实在是惭愧。她是那么地专一！

也有心魔，在他的耳边，低声地说：宝钗呢？晴雯呢？她们岂不也是专一的么？何以他独独厚于彼而薄于此？并且，要是没有她们，以及其他的许多女子在一起，黛玉能够爱他到那种为了他而情死的田地么？

他不能否认，宝钗等人在如今是处于一种如何困难、伤痛的境地；但是，同时，黛玉已经为他死去了的这桩事实，他也不能否认。他告诉心魔，教它不要忽略去了这一层。

话虽如此，心魔的一番诱惑之词已经是渐渐地在他的头颅里著下根苗来了。他仍然是在想念着黛玉；同时，其他的女子也在他的想念上逐渐地恢复了她们所原有的位置。并且，对于她们，他如今又新生有一种怜悯的念头。这怜悯之念，在一方面说来，自然是她们分所应得的；不过，在另一方面说来，它便是对于黛玉的一种侵夺。这种侵夺他是无法阻止的，所以，他颇是自鄙。

佛经的讽诵并不能羁勒住他的这许多思念。如其说，贪嗔爱欲便是意马心猿，并不限定要做了贪嗔爱欲的事情才是的，那么，他这个僧人是久已破了戒的了。

他细数他的这二十几年的一生，以及这一生之内所遭遇到的人，贾母的溺爱不明，贾政的优柔寡断，凤姐的辣，贾琏的淫，等等，以及在这些人里面那个与他是运命纠缠了在一起的人，黛玉——这里面，试问有谁，是逃得过五情这一关的？人世间的悲欢离合，无一不是五情这妖物在里面作怪！

由我佛处，他既然是不能够寻求得他所要寻求到的解脱，半路上再还俗，既然又是他所吞咽不下去的一种屈辱，于是，自然而然地，他的念头又向了另一个方向去希望着了。

庄子的《南华真经》里所说的那个藐姑射山的仙人，大旱金石流而不焦，大浸稽天而不溺，那许是庄周的又一种“齐谐”之语，不过，这里所说的“大旱”与“大浸”，要是把它们来解释作五情的两个极端，那倒是可以说得通的。天下之大，何奇不有？虽然不见得一定能找到一个真是绰约若处子的藐姑射仙人，或许，一个真是槁木死灰的人，五情完全没有了，他居然能以寻找得到，那倒也不能说是一件完全不可能的事体。

他在这时候这么地自忖着。

本来，一个寻常的人是决不会为着钟爱之女子死去而抛弃了妻室去出家的；贾宝玉既然是在这种情况之内居然出了家，并且，他是由一个唯我独尊的“富贵闲人”一变而为一个荒山古刹里的僧侣的，那么，他这样的异想天开要去寻求一个藐姑射仙人，倒也不足为奇了。

由离开了家里，一直到为僧于这座禅林，其间他也曾跋涉了一些时日。行旅的苦楚，在这一年以后回想起来，已经是褪除了实际的粗糙而渲染有一种引诱的色彩了。静极思动，乃是人之常情。于是，宝玉，著的僧服，肩着一根杖，一个黄包袱，又上路去了。

投考

他已经考取了高小一年级。

这是一个师范的附属小学校，在本城的小学之内，算是很好的。只要国文、英文、算术这三门里面，有一门考及格了，便可以录取入学；他是考国文录取了的。

投考的时候，他是坐人力车去的。在车上，他的一颗心忐忑不安。平时，坐车子本来是一件快乐的事，因为，坐车与走路的速率不同，一个孩童对于这个是敏感的——风迎了面吹来，那愉快的感觉，真不亚似在热天，老女工给他洗了一个澡以后，他坐在床上抚摩四肢、胸、腹在那时候所发生的那种愉快的感觉。可是，这一天，他只在脑筋里记挂着那个怕它来又要它快完的考试。身外的一切，他都忘记了，除去那个布包，里面放着笔墨，他用了一双出汗的手紧握住的。他也没有心思，像平常坐车子的时候那样，去看街道两旁的店铺、房屋了。

是一个长辈带领着他来应试。一声“停下！”的时候，他在心里震动了一下，发现了车子停住在一条柳树沿着小溪的路边，面前便是学校的大门。他下了车。这校门，门上的铁楣他要把颈子仰得很高才能望见的，门旁排的校名直匾就他看来是字写得巨大而触目动心的，颇像是他的心目中的一个学校老师，凛凛的。校门内，一条宽敞、平坦的道路直达附属小学校的校门。

他在家里读过书，在乡塾里读过书；至于踏进学校的门，这还是第一次。这是一个与家馆、与乡塾迥不相同的地方。这条路是多么清净、整齐，路左边的柳树是多么碧绿、苗条，路右边的师范屋墙是多么高大、庄严！虽说学校里是要与许多素不相识的同学一起上课，读一些素来不知为何的书籍，他是很想考入这个学校的。他很想每天在这条路上走过，在上学、下学的时候。有很多也是来投考的人，跟着大人，从他的身边过去。看来，他们是若无其事的；并且，他们是那么络绎不绝的……这个，使得他的那颗已是慌乱的心更加慌乱了。有几个，大概是旧生，引领着兄弟或者亲戚来投考的，一路上谈谈笑笑；他颇是羡慕他们。

他在家馆里所读的书早已忘记了。倒是在乡塾里所读的“四书”，为了预备考这个学校的缘故，他曾经温习过。他，又在大人的督促之下，读了一点《古文观止》。至于作文，在乡塾里开了笔的，这几个月以来，他也做了一些功课；大人都还说是做得不错。他很喜欢看那些加在他的文课旁边的连圈；它们颇为使他觉得自傲，他希望，这次考试里面他所作的文章，学校老师也能够在上面加一些连圈。不过，题目是那么多，知道学校老师是要出哪一个呢？要是出一个他所曾经做过的题目，他想，那就容易了。他可以定下神来回想他的原稿；要是时刻来得及，他还可以多加上一些文章进去。只要说得很多，老师一定是喜欢的。最重要的一层是，不要写错了字，写别了字。他在走进附属小学校的校门的时候，心里这么想着。可是，万一出的是一个他所不曾做过的题目呢……

蝉声在柳树上喧噪着。他想起来了，家旁一口塘的岸边，也有蝉声在柳树的密叶里，不过，与这里的似乎不同，这里的似乎带着有抽噎的声音，不像塘岸上的那么热闹、那么自在。

带领着他来这里的长辈在问门房。

他挟着布包，跟在后面。这布包里有一支笔，一个墨盒；

墨盒是大人特为给他带来作考试之用的。他很怕墨盒里漏出了墨来，那时候，不仅笔与布包，便是他所穿的那件新单袍子都要弄脏了。当了老师、许多同伴的面，那未免是太难堪了。

他在走过一条廊。廊的左边是淡青色的墙壁，上面有瓦花窗；右边是一排胆色的廊柱，廊柱以外便是学校的操场，操场上有一些体育的设备，他并不知道名字，他很情愿在它们的上面玩耍，可是他又有一点害怕。

廊与操场的那头，是一排满是玻璃窗的教室。这不像家馆的书房，因为老师就是睡在那书房里；这又不像乡塾的书房，因为那就是堂屋，并且没有这么多的窗子。教室里的设备是完全异样的。他觉得有趣——他极其想考进这个学校。他把布包打开了，看见墨盒里的墨汁并不曾漏了出来，他的心里宽畅了。

他的长辈去了会客室，留下他一个人在这里。

已经有一些同伴在教室里，等候着考试；不过，他并没有与他们之内的任何人交谈，一则认生，二则不知道能否考取，他没有勇气去与他们谈话，三则他在纳闷着，老师是要出怎么一个题目。

等得不耐烦了。他打开盒来，蘸笔，在带来的纸张上写字。他的手有一点颤抖。他不写字了，腹诵着前几天所读的一篇古文。腹诵了有一半，便梗住了，在第一天腹诵时候所梗住的那个地方；再也想不起下文来。

便是这时候，监考的老师进来了。他看见同试者都站了起来，在老师上了讲坛的时候，行一鞠躬礼，再坐下，他也跟着照样做了。他向老师望了一眼，似乎是心里惭愧，不知道这种仪节，又似乎是心虚，适才的那篇文章没有腹诵出来……还好，老师并没有向他看。

老师，沿了前排的座位，在分散着试题。他焦急地等候着。他很懊悔，进来教室的时候，为什么要靠了门坐上这一排的最末一个座位，为什么不去那边，坐在那边外面一排的第一个座位上，因为，那样，他便可以第一个接到试题，赶早作文了。

一张油印的试题，带着一张打稿子的纸，与试卷，由前桌的同试者交给了他。

是一个他所不曾做过的题目。不过，还不算是顶难。

他把试卷放进抽屉里去了，怕的打草稿的时候，一不当心，会在那上面沾了墨渍。他看见同试者有许多是用铅笔在打草稿，那是快得多了，他想；所以，他很反悔，为什么不把家里给他买的那支铅笔带来。不过，再一想，铅笔断了铅的时候，削起来是费事的，他又心里轻松了。

老师的脚步声过来过去个不停。除此以外，只听见纸张的窸窣声，与偶尔的一声抽屉响。

……会客室在哪里呢——他一边打着草稿，一边这样地想——交了卷以后，他怎么去他的长辈那里呢……要是有这个大人在旁边——并不用告诉他文章里面要怎样说，只要是坐在一旁，让他在心里觉得，他并不是一个人在这里，也用不着去愁会客室是在什么地方，他想，他的文章一定会作得很好。他在想家了。

草稿虽是不算十分满意，为的怕时候不早了，来不及誊清，他便只得从抽屉里面去取出试卷来。一句、一句地抄，那是很吃力的一件事，因为他想把文章抄得很工整，并且一个字也不错，而他的小楷却是写得极慢、极不好的。老师从他面前走过去的时候，他的手动了一动，想着把他的文章掩盖起来；并且，脸忽地红了，心勃勃地跳得厉害。他以为老师是在看他的那一段自己颇是得意的文，心里有一点自傲。老师在他的一旁站了很久。他所坐的座位，加上他那种慌张的神情，着实是可疑的——不过，他自己并不觉得，他并不知道老师守望了许久是为的这个。

已经有几个人交卷了。这时候，他的文章也已经抄得只剩一两行了。他的心里宽畅了下去。同时，他反悔，早知道是如此，何以不把文章作得长一点呢？已经誊好了，它是难得再加的。不过，为了心里已经不慌乱的缘故，他的神智清醒了：他可以慢慢地誊抄着剩余的文章，等候着下一个交卷的人，一同出教室，那样，会客室便不愁找不到了。

他到了会客室。他的长辈向他要草稿看。那个，他并没有带出来，是被他放在试卷里面，一起交进去了，这是他的糊涂之处，因为，他既是在等候着旁人交卷，他应当是会知道旁人是把草稿给带走的。多么不幸的事情！他不能知道，试卷究竟是做得如何，它究竟能否教他考入这个学校！

他走过长廊的时候，向着教室、操场望了一眼；他那颗心里的一种滋味是异样的。

门外的蝉声十分喧噪，这是一个热闷的下午。他很想到塘边去抛瓦片。不过，他还是坐车回去的。

梦苇的死

我踏进病室，抬头观看的时候，不觉吃了一惊，在那弥漫着药水气味的空气中间，枕上伏着一个头。头发乱蓬蓬的，唇边已经长了很深的胡须，两腮都瘦下去了，只剩着一个很尖的下巴；黧黑的脸上，一双眼睛特别显得大。怎么半月不见，就变到了这种田地？梦苇是一个翩翩年少的诗人，他的相貌与他的诗歌一样，纯是一片秀气；怎么这病榻上的就是他吗？

他用呆滞的目光，注视了一些时，向我点头之后，我的惊疑始定。我在榻旁坐下，问他的病况。他说，已经有三天不曾进食了。这病房又是医院里最便宜的房间，吵闹不过。乱得他夜间都睡不着。我们另外又闲谈了些别的话。

说话之间，他指着旁边的一张空床道，就是昨天在那张床上，死去了一个福州人，是在衙门里当一个小差事的。昨天临危，医院里把他家属叫来了，只有一个妻子、一个小女孩子。孩子很可爱的，母亲也不过三十岁。病人断气之后，母亲哭得九死一生，她对墙上撞了过去，想寻短见，幸亏被人救了。就是这样，人家把他从那张床上抬了出去。医院里的人，照旧工作；病房同住的人，照常说笑。他的一生，便这样淡淡地结束了。

我听完了他的这一段半对我说、半对自己说的话之后，抬起头来，看见窗外的一棵洋槐树。嫩绿的槐叶，有一半露在阳光之下，照得同透明一般。偶尔有无声的轻风偷进枝间，槐叶便跟着摇曳起来。病房里有些人正在吃饭，房外甬道中有皮鞋声音响过地板上。邻近的街巷中，时有汽车的按号声。是的，淡淡地结束了。谁说这办事员，说不定是书记，他的一生不是淡淡地结束，平凡地终止呢？那年轻的妻子、幼稚的女儿，知道她们未来的命运是个什么样子！我们这最高的文化，自有汽车、大礼帽、枪炮的以及一切别的大事业等着它去制造，哪有闲工夫来过问这种平凡的琐事呢！

混人的命运，比起一班平凡的人来，自然强些。肥皂泡般的虚名，说起来总比没有好。但是要问现在有几个人知道刘梦苇，再等个五十年，或者一百年，在每个家庭之中，夏天在星光萤火之下，凉风微拂的夜来香花气中，或者会有一群孩童，脚踏着拍子唱：

室内盆栽的蔷薇，
窗外飞舞的蝴蝶，
我俩的爱隔着玻璃，
能相望却不能相接。

冬天在熊熊的炉火旁，充满了颤动的阴影的小屋中，北风敲打着门户，破窗纸力竭声嘶的时候，或者会有一个年老的女伶低低读着：

我的心似一只孤鸿，
歌唱在沉寂的人间。
心哟，放情地歌唱罢，
不妨壮，也不妨缠绵，
歌唱那死之伤，
歌唱那生之恋。

咳，薄命的诗人！你对生有何可恋呢？它不曾给你名，它不曾给你爱，它不曾给你任何什么！

你或者能相信将来，或者能相信你的诗终究有被社会正式承认的一日，那样你临终时的痛苦与失望，或者可以借此减轻一点！但是，谁敢这样说呢？谁敢说这许多年拂逆的命运，不曾将你的信心一齐压迫净尽了呢？临终时的失望，永恒的失望，可怕的永恒的失望，我不敢再往下想了。

我还记得：当时你那细得如线的声音，只剩皮包着的真正像柴的骨架。临终的前一天，我第三次去看你，那时我已从看护妇处，听到你下了一次血块，是无救的了。我带了我的祭子惠的诗去给你瞧，想让你看过之后，能把久郁的情感，借此发泄一下，并且在精神上能得到一种慰安，在临终之时，能够恍然大悟出我所以给你看这篇诗的意思，是我替子惠做过的事，我也要替你做的。我还记得，你当时自半意识状态转到全意识状态时的兴奋，以及诗稿在你手中微抖的声息，以及你的泪。我怕你太伤心了不好，想温和地从你手中将诗取回，但是你孩子霸食般地说："不，不，我要！"我抬头一望，墙上正悬着一个镜框，框上有一十字架，框中是画着耶稣被钉的故事，我不觉地也热泪夺眶而出，与你一同伤心。

一个人独病在医院之内，只有看护人照例地料理一切，没有一个亲人在旁。在这最需要情感的安慰的时候，给予你以精神的药草，用一重温和柔软的银色之雾，在你眼前遮起，使你朦胧地看不见渐渐走近的死神的可怖手爪，只是呆呆地躺着，让憧憧的魔影自由地继续地来往于你丰富的幻想之中，或是面对面地望着一个无底深坑里面有许多不敢见阳光的丑物蠕动着，恶臭时时向你扑来，你却被缚在那里，一毫也动不得，并且有肉体的苦痛，时时抽过四肢，逼榨出短促的呻吟，抽挛起脸部的筋肉：这便是社会对你这诗人的酬报。

记得头一次与你相会，是在南京的清凉山上杏院之内。半年后，我去上海。又一年，我来北京，不料复见你于此地。我们的神交便开始于这时。就是那冬天，你的吐血，旧病复发，厉害得很。幸亏有丘君元武无日无夜地看护你，病渐渐地退了。你病中曾经有信给我，说你看看就要不济事了，这世界是我们健全者的世界，你不能再在这里多留恋了。夏天我从你那处听到子惠去世的消息，哪知不到几天你自己也病了下来。你的害病，我们真是看得惯了。夏天又是最易感冒之时，并且冬天的大病，你都平安地度了过来，所以我当时并不在意。谁知道天下竟有巧到这样的事？子惠去世还不过一月，你也跟着不在了呢！

你死后我才从你的老相好处，听到说你过去的生活，你过去的浪漫的生活。你的安葬，也是他们当中的两个：龚君业光与周君容料理的。一个可以说是无家的孩子，如无根之蓬般地漂流，有时陪着生意人在深山野谷中行旅，可以整天地不见人烟，只有青的山色、绿的树色笼绕在四周，驮货的驴子项间有铜铃节奏地响着。远方时时有山泉或河流的琤琮随风送来，各色的山鸟有些叫得舒缓而悠远，有些叫得高亢而圆润，自烟雾的早晨经过流汗的正午，到柔软的黄昏，一直在你的耳边和鸣着。也有时你随船户从急流中淌下船来，两岸是高峻的山岩，倾斜得如同就要倒塌下来一般。山径上偶尔有樵夫背着柴担夷然地唱着山歌，走过河里，是急迫的桨声，应和着波浪舐船舷与石岸的声响。你在船舱里跟着船身左右地颠簸，那时你不过十来岁，已经单身上路，押领着一船的货物在大鱼般的船上、鸟翼般的篷下，过这种漂泊的生活了。临终的时候，在渐退渐远的意识中，你的灵魂总该是脱离了丑恶的城市、险诈的社会，飘飘地化入了山野的芬芳的空气中，或是挟着水雾吹过的河风之内了罢？

在那时候，你的眼前，一定也闪过你长沙城内学校生活的幻影，那时的与黄金的夕云一般灿烂缥缈的青春之梦，那时的与自祖母的瓷罐内偷出的糕饼一般鲜美的少年之快乐，那时的与夏天绿树枝头的雨阵一般地来得骤去得快，只是在枝叶上添加了一重鲜色，在空气中勾起了一片清味的少年之悲哀，还有那沸腾的热血、激烈的言辞、危险的受戒、炸弹的摩挲，也都随了回忆在忽明的眼珠中、骤热的面庞上，与渐退的血潮，慢慢地淹没入迷瞀之海了。

我不知道你在临终的时候，可反悔作诗不。你幽灵般自长沙飘来北京，又去上海，又去宁波，又去南京，又来北京；来无声息，去无声息，孤鸿般地在寥廓的天空内，任了北风摆布，只是对着在你身边漂过的白云哀啼数声，或是白荷般地自污浊的人间逃出，躲入诗歌的池沼，一声不响地低头自顾幽影，或是仰望高天，对着月亮，悄然落晶莹的眼泪，看天河边坠下了一颗流星，你的灵魂已经滑入了那乳白色的乐土与李贺、济慈同住了。

巢父掉头不肯住，

东将入海随烟雾。

诗卷长留天地间，

钓竿欲拂珊瑚树。

你的诗卷中间有歌与我俩的诗卷，无疑地要长留在天地间，她像一个带病的女郎，无论她会瘦到哪一种地步，她那天生的娟秀，总在那里，你在新诗的音节上，有不可埋没的功绩。现在你是已经吹着笙飞上了天，只剩着也许玄思的诗人与我两个在地上了，我们能不更加自奋吗？

说诙谐

大概，诙谐的本质，与胳肢[1]的，它们颇是相似。

这一次，我在一家理发店里，有理发匠替我捶背扢骨，扢到腰上的时候，我忍不住地笑出来了。后来，我一想，民间有一种俗话，说是怕胳肢的男人都是怕老婆的；肉体上的刺激与反应既然是无由避免，于是，我便不得不教理发匠停止了他的扢骨。普天下的男人，虽说是没有一个不怕老婆的，不过，他们决不肯透漏出此中的消息来，因之，道貌岸然地，他们，至少，要装扮成一个若无其事的模样。我们，对于那种直接的或是间接的有损于自我的尊严的诙谐，也是采取着同样的处置。

天幸的有一种男人，那种不怕胳肢的……这种人究竟存在

[1] 胳肢，在别人身上抓挠，使发痒。

与否，我实在是怀疑。以常理来测度，能忍住的男人是很多，至于完全能以胳肢了不笑的男人，那恐怕是不会有的。

一定便是为了这个缘故，剧本内不常见有诙谐——讽刺的大前提——的成分，而小说内却是不少，甚至于，有的整部都是诙谐的成分。诙谐而一下转成了讽刺，即使是泛指的，都已经是有损于自我的尊严；尤其是，忍不住地又笑了出来，这个更是可以教自我由羞而恼地在家里看小说，总不会有外人来窥破这种损己的秘密，并且，人的那种天生的需要诙谐的本性也可以凭此而发泄了。

说自我

抓着这支笔的手——自然是右手了，虽说不比吃饭，那是一定得要用口的，左手也可以写得字，不过，习惯教我从小起就用右手来写字了，并且话还是一样地说得。沸腾在这脑中的思想——也并不像爱伦•坡那样说的，文章先已经都打成了腹稿，接着才去把它抄录下来；只是一时间忽然意识到，这是一篇文章了，便提起笔来写下去，并不曾预计到内容将要是怎样的，只是凭赖了这一念之萌，就把这篇文章的将来交付进了它的手里。这只手与这一片思想，它们便是现在的自我。

记得也在许多的时候，曾经为了后来的运用而贮藏过一些材料在这个头颅里，不过，就了自觉的一方面说来，那些材料都还不曾使用过……至少，是并不曾像当时所想象的那样去使用过。我也可以预料到，将来自己再看这篇文章的时候，这创作过程中所感觉到的这一点心头的美味，仍然会复活起来；并且，有时候，还会发生一点惊讶与自喜。

这一个孱弱、矛盾的自我，客观地看来，它是多么渺小，短促，无价值；不过，主观地看来，它却便是一个永恒只一个宝贝，一个纳有须弥的芥子了。

它简直就是一个国家。

在它的国度之内，有主人，有仆人；也有战争，和解。

如其这颗心并不是我自己的，我真不知道要怎样地去妒忌它：因为，这个国度之内的乐趣都是“江汉朝宗”于它了。脑筋里思想，因了思想而获得的快乐，它是被心去享受了；肚子的命运似乎好一点，因为，在饥饿着的时候，它偶尔也能够感觉到一种暂时的乐趣——这种乐趣，与出游了好久以后回家来吞冷茶的那时候所感到的乐趣，恰好是一样。

《新生》的第一篇十四行里说，诗人看见自己的心被克去了，这或者便是它的报应。

它实在是过于自私了。不说这整个的躯体都是无昼无夜地在供给它以甜美的螫刺；便是在这个躯体与其他的躯体，抽象的或是具体的，发生接触之时，乐趣也还不都全是它的。有的自我，在毁坏、苦痛其他的自我之中，寻求到快乐，也有的在创造、愉悦其他的自我之中；客观地说来，自然是后一种好，不过，主观地说来，两种的目标便只是一个。

自我的心便是国家的银行。

科学、哲学，等于脑；宗教、艺术，等于心。

说说话

我是一个口齿极钝的人，连普通的应酬我都不能够对付，所以，我对于说话说得极多并且极为伶俐的人是十分地羡慕。好像手工、图画这两样，我从前在学校里面读书的时候，十分地羡慕着那些成绩优美的同学那般。

洒扫、应对，这本是古训里所说的一种儿童所应受的教育。在近三十年左右的家庭之内，洒扫这一项家庭教育的项目似乎是已经普遍地废除了。至于应对，大人也不过在说错了的时候，提撕一句；在说得不好的时候，叹一口气；或是灰心了地不作声：他们并不每天划出若干时刻来教授儿童以“应对”这一种课程，或是聘请一个家庭教师来教授，或是用了家长的名义向学校方面要求着在学校课程内增加这一种课程。于是，说话我便从小不会了。其实，即使是学校内有“应对”这一种课程，我也不见得能够学得好——不见手工、图画，我是成绩那么拙劣么？

大概，说话时候所须注重的第一点是，从何说起。照例的寒暄，这已经是难于开口了，因为它颇有一点像学校里面国文班上所出的题目，这题目的范围之内所可说的话差不多早已经被旁人说完了，要想推陈出新，绝不是一件容易事。至于，由寒暄进而做宽泛的谈话，那简直是我所害怕的，好像从前在中学的头几年里我怕学期、学年的大考那样。不晓得对谈的人爱听的是哪一种话；即使晓得了，自己也多半不见得能够在这一方面搜索枯肠可以搜索得一些——不说许多——谈话的资料来。面对面地僵坐着，终究不是事，于是，急忙之内，我便开口说话了……不幸，我所说的话恰巧是对谈的人所不爱听的，甚至于，他所认为是存心得罪的。这简直是糟糕！因为，已经是僵窘的对话，如今又加添了一种意气的成分进去了。这个，在一个不善辞令的人处来，是最难受的了。反报么，间接地便实证了适才所无心呐出的话是有意的；不反报么，未免有失身份；解释么，一个不会说话的人要想解释一句失言，我经验地知道，是不仅无补，并且会增加误会的。那么，只好不作声了。这个，并不见得能把严重的局面缓和下去。因为，这时候的面部表情，如其是沉闷的，对谈的人可以测想为臆怪；如其是和悦的，对谈的人又可以测想为在肚里暗笑。

模棱两可，这是说话时候所须注重的第二点。人世间的事情，最难料到是要怎么变化的。要是说出了一句肯定的话来，而事情的转变并不是像肯定的那样，这时候，曾经听见了这句话的人未免是要对于说者的判断力发生怀疑了。这个，在社会上，是极为有损于说者的。所以，一个人要是想不在这一方面吃亏，最好是在说话的时候不着边际；如此，事情无论是怎么收场，这模棱两可的话，虽然不见得是说中了，至少是没有说错。还有一层，人与人之间，在多种的情境内，是不能够说直话的；撒谎既不是一件社会上所容许的事情，那么，便只好把话说得令人难以捉摸了。

空洞无物，这是说话时候所须注重的第三点。一个人与一个人见了面，谈起话来，这一番对话，当然地，是集中于一件事情之上了。这件事情，过去的情形怎样，将来会怎样，现在对话时候是要这样地去接近，这些，在每个对话者的胸内，差不多都已经有了一个谱子；既然如此，在本题之上，便不需要作文章，只要旁敲侧击，借了一些题外的话来达意，也就够了。喜欢绕弯子，或许是人的一种生性，因为绕弯子是有玄秘的色彩，艺术的色彩的。

面部表情，这是说话时候所须注重的第四点。譬如说，你现在说出了一句想起来是极为滑稽的话来，这时候，你的面部表情应当是严肃的，因为，那样，教听者在事后回想起来，会更觉得有趣。又譬如说，你说挖苦的话，便应当在面部呈露出一种和蔼可亲的模样；那样，听者，如其不是十分聪明的，便不会立刻悟出你是在挖苦他，你既然可以逃避去当场的反报，又可以让他在事后寻思，悟出来了的时候，去饱尝那一种自羞自悔的酸滋味。

这些便是一个不会说话的人对于说话这种艺术的观察。或许天下居然会有人，同我一样地拙于辞令，那么，这一番的说话，不能说是有什么帮助，只能说是，让他看了，可以与我同发一声慨叹，会说话的人真是天生的，人为不了。

说推敲

推敲这词语的来源，大家都知道：终于贾岛选定了“敲”字，是因为它来得响亮些。

响亮些固然是不错的；不过，据我看来，还有一层旁的，更重要的理由，那便是，

僧敲月下门

这一句诗的意境，因为一个“敲”字的缘故，丰富了许多。

“僧推月下门”，这不过是一个僧人回寺迟了，在夜月之下推着山门，正要进去庙里：很平凡的一件事，哪值得一个诗人去写成一句诗呢？……如其这诗人是《水浒》内的海阇黎，他所推的门并不是寺庙的，那或许还有一点小说的兴趣。

至于“僧敲月下门”一句诗，我们却能因之以推测，这僧

人确是回寺很迟了，连庙里的人都以为他今夜是不回来了的，将庙门关了起来；并且，庙宇是最肃静的地方，已迟的月夜又是最肃静的时候，忽然来了这一片敲门的声音，又是一个习静的人所来发动的：这各种的联想，它们都是由了“敲”这一个字而引起来的——文字正是要富于联想。

“敲”这个字不仅在发音上来得响亮些，它所引起的联想也是一片敲破寂静的响亮。

还有一层，“推”字并不能使这句诗在读者的情绪上引起任何的反应；“敲”字之中则充满了期待，置读者于此僧人的当时的地位上，同了他，在已深的月夜，等候着庙门的开放，在一片搅动了他的自尊心的，余音仍然波动于月景之内的敲门声里。

访人

《官场现形记》里所说的，候差委的人去见上司，要预备下一笔门包的费用，否则，连见面的希望都没有；这种情形，不知道现在还遗存于官场之内否，因为我不曾做过官。一般的访会者，俭省的，只需在传达处递入五厘钱，一张名片的费用，便只索取这五厘钱——无益于传达处，正与纸钱锡箔一样。

访会最好是在事先约定时间，否则在名片去了，主人来了之间，必有一番等候——有的时候，即使是时间已经约定了，这一番的等候还是不免的。所以，我向一般访会者建议，名片之外，随身不要忘了带一本书，《翟斯特斐尔德信牍集》（Loaid Chesterfield's Letters）最好。切不可带那种看来这主人是不会喜欢的书，《尝试集》，如主人是旧派，《圣经》，如主人是新派，《托洛兹基自传》，如主人是“国民党”，《三民主义》，如主人是“国家主义派”；主人如其自己便是一个作家，那便再好不过了……

主人来了。他如其用手一挥，敬你的烟，你最好是撒一个白谎，说不会，即使几上是放着精雅的烟盒，或是“大炮台”的烟罐。熟人是会去自取烟卷的；生客，如其愚蠢，会在“大炮台”的烟罐内取出了一支“大英牌”。烟卷如其亲手地递到了你的面前，这时便要相机处置了：如其主人知道你是抽烟的，为了礼貌，你便不得不抽，即使是“大英牌”；如其，不幸，他并不知道，你便可以也撒一个白谎，说不会……却不能忘记了说一声，多谢。

访会的时候，表是不能不带的，不过，当了主人的面，你决不能去看它。坐得时刻太短，又怕主人臆怪；坐得时刻太长，变相的逐客令又会使得你难堪。啊，访会时的痛苦，去留的问题！

端茶送客，这是古礼；在新潮流的现代，古礼是废除了，变相的逐客令是如何的下法，这便要看主人的聪明了。不说话，看时计，讨论气象，问来客的住址，等等。包车夫可以进来领工钱；至于门房，在这一点上，更是一个层出不穷的智囊。

于是你便出来了……赶快燃一支烟卷罢。抽烟的时候，你可以自慰：还好，主人并没有“不在家”。

海外寄霓君[1]

一

霓妹，我的爱妻：

你从般若庵十二月初五写的“第一封”信我收到了。我后天就要搬家，你的信可以寄到憩轩四兄第一次替你打的信封那里。我在芝加哥城里过得好些，身体也好，望你不要记挂。我到今天总共收到你八封信。你信内并不曾提到岳母大人同憩轩四兄的病，想必是都好了。你的奶水不够，务必要请奶妈子。照我如今这般寄钱，是很够请奶妈子的，千万不要省这几块钱。小东身体已经不好，如若小时不吃够奶，一定要短命，

[1]1927 年至 1929 年作者留学美国期间，给妻子刘霓君写了一百多封书信。好友罗念生整理 90 封，结集为《海外寄霓君》，1934 年由上海北新书局出版。本篇选取了其中 12 封。

那时我决定不依你，小沅你是不用我说就会当心的，所以我也不多讲。罗先生倒是很帮忙，不过那取衣的钱一定要还他。不知你已还给他了没有，千万记得还他。你很可以多寄些鱼肉给他，不过千万告诉他不要叫厨房做，怕的好鱼好肉给厨房赚下去了。你还告诉他，我从前在清华同他，同彭光钦先生，还同些别的同学，一同吃罗胖子先生从湘潭寄的鱼肉。我当时曾经答应了由家中寄些鱼肉给他们再吃一次，你可以多寄些，由他替我请他们罢。我这里只好等今年冬天再看寄不寄罢。如今已是春天，你寄时路上怕会坏了，不值得。并且东西寄到美国后，要抽我很重的税，那时东西不曾吃到，倒要赔钱，那才不上算呢。不过夏天罗先生来美国的时候，他到上海以后，我可以托他在泰丰买些罐头带给我。如若上海没有菌子罐头，你可以寄三四个罐头菌子到上海交他带给我，不能再多，再多他就带不了，并且太多时怕人查出来，那要罚很多的钱。我新近译好了一本外国诗，寄到上海，可以先拿四五十块现钱，我叫他们直接寄到般若庵八号朱小沅，大概阳历三月底你可以收到。我这几个月因为搬了两次家，省而又省，只省得二十块美金来，阳历三月初寄给你，阳历四月半你可以收到。连着稿费也有九十块中国钱了。以后希望每月能省十五块美金寄给你，我这样省，恐怕书都买不了什么。我来美国许久，电影同戏一次也不曾看过。等一年之后，你进了学堂，我或者可以多买些书，偶尔添点衣裳。像现今这样，是决定不成的。不过这我一点也不埋怨。我书尽有的看，因为芝加哥大学的图书馆极大，要看什么书，就有什么书。我的霓妹妹替我带着一男一女，我每月至少总要有中国钱三十块寄给她，才放心。

大沅　二月六日第一封

芝加哥是美国第二个大城，生活程度极高，我从前已经告诉过你了。我来这里，因为最近，车费自己出的，还出得起，并且芝加哥大学极好。

二

霓君亲爱：

今天我上街，特别买了些写信给你用的信纸信封。我还买了发网，是剪了头发的女学生用的，如今附在信内寄给你。这是双线的，是真头发。单线的是丝线。单线的不知是不是剪了头发的女子用的，你总试得出来。我这是外行。不是双线的上面写明了“剪发的女子用”，我还不知道呢。也有留头用的一种，你如若想送人，我以后再买些寄给你。双线的中国钱两角一个，单线的一角一个，在美国总算便宜了。倘如你用得很合适，以后我再买给你。双线的是黑色，单线的是棕色。还有一种我看简直是白色，但是伙计说是淡棕。因为外国女人的头发有好多种颜色：黑、赭、黄、淡黄（带白色），所以发网也做了许多种颜色的。我寄的这一对，单线的上面有松紧带。这一对网子的大小不知你合用不？大概大大小小的样式很多，以后你试用了，可以告诉我这双个合你用不。如不合用，是再要加大多少，或是减小多少。在芝加哥出门坐汽车太贵，一点钟大概要五块美金，坐不起。他们的汽车论路的远近算钱，车夫身边有一只匣子，是一只计钱表，起码三角五美金，走了一截路，那表一定会嗒啦一响加一角，就这样加上去。我从前由亚坡屯到芝加哥，下火车后，由车站坐这种做生意的汽车，车子通黄的（遍美国的汽车生意大半都被这种黄汽车包揽去了），坐了半点钟花去三块钱。因为初到，并且有行李，只好坐它。那表自开自关，车夫也做不了鬼。还有电车，很便宜，只要七分，可以换一次车，不加钱。我今天上街坐车，总坐了半点多钟，只花了七分钱，回来也一样七分。电车有好有丑，大半是两人一张藤椅。比上海的头等电车好得多，也便宜得多。

沅　三月十七日第八封

三

霓妹亲爱：

接到你正月二十晚的信说，有十天没有接到信，到电影院看电影看得很伤心。那些信纸上面有许多红印子，那自然是你流的眼泪了，我极其难受。亲爱的妹妹，我不曾害病，外面我少出门，汽车等等危险也没遇到，你放心罢。那时我刚从亚坡屯到芝加哥来，忙了一阵，所以十天你不曾接到我的信。这封信是第九封。九封以前，我曾经从芝加哥写过阳历一月六日、十五日、二十一日、三十一日，四封信给你。二月六日起，是第一封。所以我到芝加哥以后，总共写过十三封信给你，平均常是六天一封。不知你都收到了没有。你做梦梦见我很瘦，你不忍心，可见你对我的心肠极好，我听到了是多么快活高兴。我们的爱情是天长地久，只要把这三年过了，便是夫妻团圆，儿女齐前，那是多么快活的事情。能够早回，一定早归。外国实在不如我们在一起时那么有味，举目无亲，闷时只有看书。

身体还好，倒免得你记挂。我自然要考到了一个名气再回国，不然落人耻笑，也混不了饭吃。外国照相贵得不得了，但是我总要照一次，大概等三个月，阳历六月总可以照好寄给你。芝加哥大学与别的学堂不同。别的学堂都是一年分两学期，另有暑假，芝加哥大学是一年分作四学季，夏天也算一学季，用功的学生夏天也可以念书，这样多念功课，可以早些毕业。我的身体如若不坏，夏天我是照常上课，那样我在明年阳历八月底便可毕业得学士。得了学士以后，念三季的书，便得硕士，那就是后年阳历六月半。考到硕士以后，考不考博士呢？那就临时再讲罢。考博士要大后年阳历一九三一年（就是辛未年）年底才能回国。这是说加工读书，暑假都不停的话。如若身体受不住这番苦工，或是我们分离过久，彼此想得太厉害，那时候我恐怕考完硕士，由欧洲经过英国、法国、意大利等回中国。从前说的两年得博士，那是笑话，因为初来美国，情形不明白；如今知道，是绝办不到的。无论何人来美国，都是四五年才考到博士，有的学医，简直要八年。如今春天了，常常出太阳，心里觉得爽快许多。从前来芝加哥是冬天，阴沉沉的，实在不舒服。我翻译了两首中国诗，登在芝加哥大学学生出的《凤凰杂志》上，想必你听到了快活，所以我特别告诉你。熟人请我去了博物馆，那房子不用说是很大，里面都是些动物的标本模型，有一架鲸鱼头的骨头总有一丈长，那整个鲸鱼活的时候至少总有四丈长。你还记得我们从天津到上海的船上看见的鲸鱼吗？我这次在太平洋上作了一首诗，里面有几句是这样：

我要乘船舶高航，
在这汪洋：
看浪花丛簇，
似白鸥升没，
看波澜似龙脊低昂，
还有鲸雏
戏洪涛跳掷颠狂。

这里面末了两句你看见了一定还记得当时的情景。博物馆中狮子老虎自然是有的，还有一架骨头，颈子特别长，与身子高一般，总共算起来，从头到脚至少有一丈。这兽在外国叫“吉拉伏”，如今已是绝种了，就是我们中国说的麒麟。吉拉伏性子是很温和的，它那么长的颈子是用来伸到树上吃树叶子的。我们中国说麒麟不吃肉，光吃草叶，正是一样。还有一个怪兽（这是标本，同活的一般，便是活的拿药水做出，再也不会烂），这兽很像熊，有狗那么大，最奇怪的是它的嘴，有一两尺长，像一柄锥子一样。这东西名叫“食蚁兽”，那细而长的嘴，就是用来伸进蚂蚁洞中去吃蚂蚁的。蚂蚁那么小的东西居然把它养得同狗一样大，你看这奇怪不？还有许多鸟，挂在玻璃窗橱之内，那橱总有一丈宽一丈高，五尺深。有的拿真的树做成树林，背后两边再画一张假树林加了天啰山啰，鸟儿有的歇在枝上，有的飞翔在空中。水鸟的窗橱是用真水做出一个池塘，有真水草，背后两边也有一张画的风景。鸟儿有的站在水里，有的藏在草中。你看这是多么巧妙。博物馆中也有中国东西，不过不算很多，最有趣的是把中国的宝塔做出些五尺高的模型来，下面注明这是什么城的。这博物馆下次我再去的时候问问他们有照片没有，如有我买了寄给你。你绣给我的相架我把我们同在北京照的那张相剪下你的相来，用这种信纸剪出一个蛋形的洞，把纸套在相上插进架中，今天早上被管家婆看见了，她稀奇得不得了，说你长得美丽之至，花也绣得美丽之至。我告诉她这是中国绣花的一种，那是你的，那是我的名字。她问是谁绣的，我说是我的太太；她又问那相是谁，我也说是我的太太。

沅　三月二十四日第九封

四

妹妹，最亲爱的妹妹：

我接到你四月二十六日一封长信，我真是快活得说不出。发网以后再买去。你信中教我寄大画片给你，要山水，最美的母亲同小孩，各种风景，哪知道这些正是我寄给你的，并且还有猫啰、狗啰，欧洲各国有名古迹房子，日本、印度、非洲的埃及、美国各地风景古迹都有。那许多画都是西方最有名的画家所画，我想这总该中了我妹妹的意罢。我屈指一算，今天是六月二日，我是四月十七日寄钱到培丽公司去的，他们四月二十日总可以寄画片了，路上三十来天，应该上一礼拜就接到了。我想到你看见画片之时多么高兴，我也高兴起来。是呀，妹妹，你看就是了，沅哥哥这几年之内一定要想出许多方法来让你高兴。回国以后也要想出许多方法来让你高兴。是呀，霓妹妹不是这世界上我最亲最爱的人吗？我应当想出方法来让她快活才对。那些画片有些多买了五张，那是由你出名送三姊、刘四太太、万五太太，每人两张，再凑上那些风景画、花鸟，每人一份，或是八张，或是四张，由你自己定准罢。七妹也可以给她几张，省得别人说闲话。这些画我以后可以另买，所以现在拿些送亲戚，并不要紧。每张画左边下头有英文字是“培丽画片”第几号，按那画码再买，绝不会错。我想每人至少送八张，多的随你，你以为如何？真心对你的好朋友你想送时，那更完全是你一人的事，用不着我多嘴。这九十几张画片都是你买的（我好像当差），一笑。那六张大画，算我赠送与你的赠品，这六张你可不要送把别人。尤其是一张画了一对情人，那张你如若送把人，我一定不依。这家公司还有许多别种画片，我现在暂且不说，免得说破法术，戏法不灵了。汽车我很小心，并且我很少上街，平均一个月上一次街，我还不曾看过一次电影，别的可想而知。我因为汽车太贵，以后再也不曾坐过它。我如今只想多余几个钱寄给你，别的我都不看在眼里。我读书决不太用心就是，请你放心。我每天下午到草坪中散步一点钟，精神很好。我同朋友都少来往，旁事更不用说。好了，唐先生柳先生都要来了，又多两个熟人在这里，闲空时有人可以谈谈。小沅乖巧，我听得十分快活，并不一定要进幼稚园。到了四岁，你自己很可以到商务印书馆买一副活字块，一面是字，一面是画，教小沅认认字。不过不要放纵他。并不限定要打他，随时告诉他读书明理就是。他要是好强，那就是最好不过。他做错事情，只要说他失了面子，他一定就会改了。你近来喜欢小东，我听到更快活，因为我知道小沅你是很爱，我不必记挂，唯有小东我很怕你不爱她。如今你既爱她，我的心更放下来了。小东也像我，这可见得你一心一意对我，想我，所以生下女儿来，都像我。我如今很不赞成你去江西，因为家用不愁，并且长沙你很多亲戚朋友，何必走那远路回去？以后我回了国，挣出了一个名字来，那时我们再一同下乡去热闹一番，那倒有意思。

沅　六月二日第二十一封

五

亲爱霓妹：

还有五天就放假了，放假可以休息一个整月，这是多么舒服。你寄来罐头里面，香椿最好，拿它炒蛋，很鲜很鲜，素吃也好。这香椿多少钱一罐，望你告诉我。今天礼拜，我中饭刚吃完，泡了一大碗茶，总有小茶壶一壶，现在天气一天凉似一天，一天短似一天，茶叶寄得恰是时候。我上次说的好东西这就寄给你，我很怕它路上压坏了。望你收到立刻告诉我，可曾压坏没有？这是一种说话明片，片上有一个圆圈，你拿手指头按它，它就会叫起来，这片子有三种，一种是小孩子，一种是鸟，一种是猫，各有各的声音，彼此不同。我寄给一个匣子，除开这些叫子以外，还有赠呈岳母大人的大学校景。去年上岸在旧金山买的画片（因为买错了，心里不舒服，一直不曾寄给你，不知你喜欢不），美国、法国、爱尔兰、日本各国邮票，十张芝加哥名胜片，一扎芝加哥名胜卷片。这些你收到后，望立刻告诉我，使我放心。小沅现在四岁半，明年五岁你就可以替我教教他认字，也不要多，头半年一天认一个字好了，书店里可以买得到活字块，一面是字，一面是画，小孩子一定喜欢。后半年一天可以认两个字。过了这一年，我已经回了家，那时候就可以由我来教。小孩子年轻时候，最要讲究卫生，小时身体好了，大了处处上算。

爱夫，沅　八月二十七日第三十八封

六

亲爱霓妹：

这学期功课忙，不过极其有趣。德文我念了一样功课，叫“德国短篇小说”。班上我很出风头，我心里实在说不出的高兴，因为这是替我们中国占面子的事情。所以我也说给你听，让你也跟我一同欢喜。我自从搬家以来，身子精神一天好似一天。做菜是在房东房里做，所以我自己住的房子一点气味也没有。我又借到了一把蓝瓷茶壶，一个蓝花茶杯同杯托。茶叶快完了，你能赶快寄一罐给我吗？房东家中有冰箱，可以存放吃物，夏天都一样。因此我便想起腌鱼腊肉来，我很希望每隔两个月你能寄一点给我，十一月、一月、三月寄三次，每次最多寄两块钱的。从五月起，七月，九月这三个月可以寄点藕粉、桂圆等不怕生霉的东西，每次最多一块半钱的。千万不要多寄，既吃不完，又不方便。绣花事我想照下面想出方法去同大店交涉，成功不成功可不敢讲。要是能够成功，发它一笔财我也不反对。我从前看见商务印书馆印的五彩古画，里面是织女八仙等，我就托朋友去留心访得寄给我。你那边可以由长沙湘绣绣得最出名的人绣，一尺见方的金龙蓝缎子片或是五彩凤凰白缎子片，寄给我，单上可以报明实价，我看它到底抽多少税。然后我把绣花同画本一同拿去大店中商议。要是成功，就照画本绣五彩美人神仙之类。你定做的这片绣花最要紧，可以用我的名字借一笔钱，将来我回国时归还。万一不成功，或是在外国卖去，或是留了将来送如意珠，都好。务必要绣花绣得最好的人，你可以仔细打听打听。好在这不是一天两天的事，慢慢过细最好。要是成功了，让我妹妹能享一辈子福，子孙不愁衣食，那是多好！

爱夫，沅　十月十三日第四十七封

七

霓妹乖乖：

我中上[1]吃你寄来的鲜菌，真是说不出的快活。不单外国这一年半，就是清华住的那六年，我也不曾尝过这真菌子。还是许多许多年前，我才十几岁时候，我吃过这种菌子。自此以后，好像出门人久不回乡一样，只约略记得家乡一个影子，可不清楚了。我也只仿佛记得鲜菌子的味道，要我仔细说也说不清楚。如今远在他乡，居然尝到鲜菌子，真像老夫老妻重逢一般。芝加哥这两天有点冷了，昨天稍下小雪，不过当时就化了。我从前向你讲过，在外国冬天并不怕冷，因为汽炉真暖，有时简直热得我出汗，所以你千万不要记挂。《今古奇观》可

[1] 中上，中午。

以赶快寄来，我好立刻动手翻译。我这就托两个罗先生替我买一本《汉英字典》，好用。（十一月二十二日）

今天我用玉堂香菜炒蛋，味道真好。菌子不知什么缘故，一点味也没有了。大半是罐头公司拿汤泌去了。要不然就是我不会做菜走了味。将来我要拿玉堂香菜炒肉吃，也可以打蛋汤。我以前接罗胖子先生来信，他说他的小说得到熟人介绍，卖给了一个书店；我不觉心中一动，又想译一本小说托他卖出，把钱寄给你。我现在已经动手译一本法国小说，有五万字，三个月可以完事，半年总可以拿到钱，这就是说阳历五月你总可以收到一百五十块中国钱。我月费中自然还是照省，免得万一书卖不出去，又要累你吃苦。我书也译，月费也省，菜也慢慢学着做。我想多几条路，总有一条走通的。我自然要留心身子，看着做，不会拼命就是，望你千万放心。你进学堂我很赞成，不过小沅、小东总要先想法妥妥安置好才行。你在学校，也要看力量做，千万不要拼命，这是最重要的。我本意让你入学，是想你病少些，把体子养得像初嫁到我朱家时候一样。望你千万不要用功。我写到这里，不觉想起你在北京时候拿涵德成绩给我看，那时候你真像一个小妹妹，给成绩大哥哥看；又像一个小姑娘给成绩父母看，我真觉得十分有趣。（二十三日）

今天二十五，我拿你寄来的笋子加上肉块，用酱油红炖，真正好吃，简直说不出来，我自己也想不到我能做得这样好。将来回家，我一定下厨房做一顿给你尝尝，看我本领如何。这菜可以吃两天还有余，肉是四角美金，你寄来油焖笋算它两角美金，刚好合上每天美金三角菜钱。吃得真舒服。想起从前每天两顿饭八角美金在馆子里吃，又贵又不好，远不如现在。上次信中说的我想进外国馆子去做中国菜，我决定进行，望你快快帮忙。明年秋天我同两个罗先生去纽约，那里听说找事情很容易。你可以一面买书，一面替我打听：（一）做粥有几种做法（甜咸），（二）腌酸菜，（三）做点心（甜咸），（四）做甜汤，（五）做菜做汤。我看阳历明年二三月总可以去做事了。（二十五日）

我这本小说大概明年阳历正月底可以翻完，寄去上海卖，或者可以三月底拿钱一百五十块，我教他们一直寄给你。那锅肉吃了两天还不曾吃完，明天要拿剩的煮面吃。芝加哥一个熟人也没有，实在过得不舒服。明年两个罗先生来了，谈谈笑笑，总可以过得快活些。

爱夫，沅哥哥　十一月二十六日第五十七封

八

霓妹妹我的爱妻：

我忙了五天，今天是礼拜五，可以稍为喘气一下了。我本来念四样功课，今天退去了一样，因为身子不济，受不住这么重的功课。下一季也只照常念三样。不过这样一来，就要迟三个月毕业。这就是说我到阳历年底才去东边哈佛大学。你可以在长沙多住三个月。我近来念书忙虽说很忙，却极其有趣。法文德文英文，样样都念。将来回国教书译书，真是好处无穷。昨天晚上看一本法文书，里面有一个故事，说中国从前有一个皇帝专门好改装私访，看百姓私下讲些什么话，对官员满意不。有一天他访到一个强盗家里，强盗请他在客厅上面坐一坐，自己却走了。那皇帝还不曾坐稳，就觉得他那椅子往地板底下陷进去；等到停顿下来，他四面一望，原来他陷进了一间四不通气的铁房子中间，墙上挂着许多割下还不多久的人骨头。正在这时候，忽然不知从哪里走进一个凶人来，他手执钢刀，要来杀死皇帝。皇帝心生急智，他说：“你杀死我又有什么好处？我身上就只有这么一件烂衣裳，我告诉你，不如拿许多水草条子来，我好编成一块脚垫子；你把它拿去皇宫里卖，包你卖得了一千两银子。”这恶汉子回去告诉了他的强盗主人，他居然答应了。皇帝就在这块垫子上面编成一个暗号，这个暗号只有皇后娘娘懂得。等到垫子编成功，送去了皇宫之内，立刻把强盗同那恶汉子擒住斩首，救出了皇帝来。皇帝回宫之时，叹气说道：“当初幸亏学会了一行手艺。不然我这条性命早已送去了。”这故事原是阿拉伯文。翻译成了法文，不晓得你喜欢听不。要是喜欢，我以后再讲。我上次那一封信写完之后，睡觉不久，就做了一个梦，梦见到一座大房子中间去。一个池子，中间开着荷花，四边是走廊。我坐在厅子当中，听见知了尽着叫个不住，好像是大声痛哭一样。我醒转过来，还只半夜，真是说不出的伤心。我白天尽想，为什么做了这么一个梦？后来恍然大悟，是因为头一天晚上写完那封信给你以后，我吃了最后几个桂圆，从桂圆就想到莲子，就想到荷花。所以做了这么一个思家梦。我还有好多回在梦中和你相见，半夜醒来，我心里想这到第二天早上一定要写信告诉她。她是谁？妹妹，你猜一猜。哪晓得又睡着了。等到醒转天亮，不凑巧就忘记了。这都是功课忙的时候做的梦，精神太累，所以容易醒转来忘记。无论怎么想也想不出，又立刻要上课，等到上课完了回来，更是想不出了。那个荷花大房子的梦凑巧是礼拜六晚上做的，当天歇了一天。第二天又没有功课，所以记清楚了。你有一封信说衣服不抽税，因为加了照相，就抽税了。那不然，不抽税是说在中国不抽税，到了美国来，还是要抽税，不过抽得很少就是。绣花不过多重不抽税，那也是说中国。到了美国来，抽税极重。所以以后什么都不要寄了罢。就是中国菜，在这里中国店里也买得到。你寄来邮费太大，还是不要再寄了罢。上次许多东西，茶叶还留着一罐子，荔枝我留了一个作纪念，将来回国时候，不知道要压碎不。以前你寄许多药给我，我也留下一点作一个纪念。我对我的妹妹实在是一片真心。如今我那小妹妹有时虽然生起气来，我并不见怪。自然我不能寄钱，难怪小妹妹要着急。只望小妹妹原谅我罪有可赦，那就好了。隔了七天不曾接到你的来信，好像已经一个月一样。我要不要怪小妹妹呢？不能，不能。我简直不敢往下想了。不知小妹妹怎么想法过年的。唉，都是我不好。妹妹，求你饶我这次罢，我想到再隔二十天又能寄钱给你，心中稍为宽松一点。你能不能让我毕了业就回去呢？

爱夫，沅　一月十一日晚第六十七封

九

亲爱的霓妹：

我想了一下，还是不主张你回武宁。乡下一切多不开通，我仍然主张你再进学堂。这样一来，我自然不能到东边去进美国最好的学堂。不过全盘打算，夫妻两方面都要顾到。你可以打听打听，什么学堂思想最开通，就进什么学堂，男女同校也不要紧，我是十分相信你的。不过你如今身体不十分结实了，不能进功课太重的学堂就是。进校之后，第一要你注重体育，养起精神；第二样我要你注重新思想。你归根到底，实在是一个一百分的好人。我自己也心肠不坏。我们所以有时不和，完全是发生误会。自从结婚以来，我们的爱情一天增加似一天，这便是因为我们彼此慢慢知道性情了。这一年半之内，要是你再进一下思想开通的学堂，我相信明年夏天我回家的时候，更是感情浓厚。我不是要你念死书，那也念不出什么道理来。我只要你到处留心，见事留意，这是长见识的最妙法门。进了学堂以后，学堂里一定有报，你可以每天有工夫多看一点，没有工夫就少看一点。规定看报，当作功课一样。我从前初来美国，看他们的报，觉得五花八门，简直看不惯，如今算是看惯了，觉得很有趣味。学堂里一定也有各种杂志，你可以拣《小说月报》看看小说等，《东方杂志》看看世界大事等。初看一定是看不大懂，看惯了，再有同学学学乖，也就慢慢有趣了。这些杂志不过偶尔看看好了，同学当中有什么有趣的书，很可以借来看看：好像《结婚的爱》、《婴儿卫生》等等都是好书。交朋友最要紧的是心肠好，太轻浮的不要交，太死板的不要交。对小沅、小东最要紧的是身子练得强壮，别的都不相干。不要管得太紧，只要大体上不差就好了。小孩子最要活泼，我希望他们兄妹两个在社会上能做一番大事业，这一定得小时候把身子练好。我如今有时候多念一点书就不舒服，完全因为小时候身子糟蹋了。所以我这一季原来想多念三样功课的，也因为身子不济，不能成功，仍然照常只念三样。你到底住家不住家，完全由你自己看着办，我每月仍然照旧省出那么多钱来，每两个月寄一次，你住家也是每两个月寄三十美金，不住家住学堂我也是寄三十美金，我是尽省出的钱寄，并不是看见你住学堂就少寄，住家就多寄。现在已经十一点了，这是我睡觉的时候。爱妻贤妹，下次再谈罢。我就此在空中同你打一个啵，停下笔来。

爱夫，沅　一月十四晚第六十八封

十

霓妹我妻：

同学替我照相，底片已经洗出来了。有一张不错，明天早上拿去洗它一两打。下一封信里就可以寄给你。我在这面念书，还是照常一样，没有什么可以说的。只等秋天，同两个罗先生见面。（四月十一晚）

听说中国已经不打仗了，心又放了下来。照相已经洗好，不过洗得并不好，先寄一张给你看。明天十五，礼拜一，再去另一家洗一打寄给你。我有两个礼拜不曾接到你的来信了。是害了病吗？要不然就是气了我。好罢，以后无论如何，我总不写信教你难受就是。不知什么缘故，我这一晌子精神麻木；身体好，精神却十分麻木。我现在一天数一天，数到同两个罗先生会面之时，总该好了。我也想一礼拜写两封信给你，总是提不起精神来。这一张相是在一个同学房里照的，光线很好。在我自己房里也照了一张，光线太差，所以那一张不印，只印这一张。这地方很像长江一带的天气，一刻下雨，一刻天晴。这几天桃花开了，樱桃花也开了。要是有你同住，一定能过得很快活。可惜一个单身汉子，任他天气多好，心里还是冷清清。我又想回家，可是国内仇人太多。他们见我毫无名气地回国了，还不要想法害我？只看从前在北京，费了九牛二虎之力，才卖去一本书，还要受多少闲气，这叫作进退两难，无法可想！越讲越心烦，还是不讲罢。

沅　四月十四日第八十一封

十一

霓妹贤妻：

回家以后，很想无事时候种种花草。最好住房后面有一片园地。此外多买旧书，好把中国文学大大研究一下。五年十年过去，便完全教授中国文学，不教西文了。饭菜要做得好吃一点，也要滋养。这是讲住家。我们夫妻两个最大的责任便是带大小沅、小东。第一卫生，多多运动，呼吸新鲜空气。常晒阳光。饮食滋养。无男无女，总要养得身子十分结实。要的不是胖，要的是壮。第二做人，要诚实，不要老实，要灵巧，不要尖巧。遇到好人时候，有好心对他，遇到恶人，却也不会

上当。第三求学，十岁以前还谈不到求学。这等后来再提。（九日）

前天晚上，十号。我因为下过雨，上床睡觉，忽然想到当时你叫我的腔调："子沅内，子沅内！"我就自己心中答应："嗳，嗳。"想完之后，不觉自己好笑起来。今天十二，连接五月三号十二号两封信，才知道你又害了指头痛的病。唉，这都是我不好，不能寄钱给你。本月之内，闻先生那里总有消息。要是事情照旧，我就早点回家去罢。万一没有成功，我决定同罗先生进一个小学堂一年毕了业回家。这一年以内自然照常寄钱回家。我从前不是托罗先生在清华还债吗？他暑假就出洋，一个钱也没有，我只好五月寄了美金二十给他。我不曾告诉你，因为我不能寄钱养家，真是羞愧。如今一想，还是告诉了你好些。这次换学堂，路费等等还不是一半要自己月费中扣出？你这次血虚，完全是饮食太不滋养。一个人光吃饭是不够的。饭不过填肚子，并没有什么滋养。我不能寄钱给你，累得你自己身上太省过了。暑假后要是不回国，在西边与罗先生同校。西边生活程度低，同居又便宜些。我想每月余二十美金，两个月寄一次。回国以后，绝不愁没有事做。你千万放心，不要愁。回国以后，一面教书，一面开书店。并不是自己开，有从前的学生可以一人管理。我同彭先生、闻先生、两个罗先生、清华同学等一共十个人，每人每月存洋五元，四年之后，就开书店。初开越小越好。做事情最要紧的是忍耐。这书店开了十年，就可以不必教书了。那时候不过四十岁，就可以专心开店了。以后你搬家，应当写信告诉邮政局，新地址哪里，他们自然会把地址改了，送到新的住址。五月十七寄的零件东西你收到没有？前两次有一封信，里面夹有花边样子两种，编花一片，这封信收到没有？还有一封信，里面有十首诗，总名《皮枪战女妖》。这封信收到没有？要是秋天不能回去，你可以再印一百个或者五十个信封。这几个月我又要搬去那个小学堂，就是同罗先生同进的。这几个月只好请你务必在你的私房里面提出钱来暂且用着，务必务必。唉，唉，这几个钱，将来回国教书一个月的薪水就能还清。你何必自己太苦了呢？拿命去拼钱，自己也难受。我这为夫的远在外国，听了更是难受。你看从前在北京，夫妻两口子不也是过去了吗？何况现在一班老朋友，感情又好了起来。或是下两个月回国，或是明年回国，一定百分的可靠。我以前吃亏在眼睛太高，对人太不客气，其实这个很容易改。你看我将来回去开书店，包管开得很好。我们这一家子人就是吃亏在性子太犟。我们这一家人从大如父亲，到小如我自己，做事都能认真。中国一天好似一天，到处都是钱，只要你不懒，肯做事，肯为社会服务，将来读书的人一天多似一天，所以开书店这个生意实在是出路最大。自从我的《草莽集》去年出版以后，我名气很好。两个罗先生也慢慢上来了，我们这十个人开书店，实在是最好不过。我就要发愤，做给人家看看，教别人知道，我并不是一天到晚做梦。我要精明的时候也能够精明。

爱夫，沅　六月十二日第九十四封

十二

霓妹爱妻：

昨天二十五，礼拜。下午整理箱子，把你寄来美国的头九封信看了一遍，好像老夫老妻谈到成亲的第一夜一样。今天二十六，离开船只有半个月了。见妹妹越来越近。昨天有德国大飞船从日本飞到美国，两万里的路只要三天飞完，你说快不快？我要是能坐这个飞船回国，那才快活呢！今天自己炒豆腐吃，是中国菜店买的。另外加现成的烤肉、酱油、葱叶，很好

吃。（二十六晚）

二十号到昨天二十七才发，误事了，想必累你等了两天。今天二十八，越过越快，心里十分快活。想到两年分别的霓君又要见面，向不曾看见过的儿女也要看见，昨天红豆炒香肠，今天酸菜煮豆腐，今天菜也咸，把茶叶泡了一大碗茶。喝下去，才舒服起来。这茶叶就是你寄给我的。……（八月二十八日）

今天三十号，晚上煮的面吃，是中上留下的豆腐烤肉，加进面里，再加猪油酱油。今天离开船只有十一天了。快活啊，这几天看的小说，你上几封信教我多写信给二嫂，我平均半个月写一信到无锡。这一封信里说我们两个到春假或者暑假一定带两个孩子去杭州。你以为何如？我想武汉大学总是九月二十左右开学。我总要十月六号才能到家，十月三号到上海，再坐船到汉口，再换车到长沙。到长沙以后，就要立刻赶到学堂里去。我到上海的时候，会打电报给你，你好早几天把东西收拾好。我一到长沙，就好搬家去武昌。你要是看见我的电报上有“湖北”两个字，那就是我们要去武昌的意思，你可以赶快收拾，要是我的电报是一个“到”字，那就是没有事做的意思。要是别处有事，我电报里就写明别处的地名。我已经教彭先生他们写快信到上海。我一到，赵先生就会把信转交给我。万一武汉的事情不成，他们也早替我在别处找到了事情。这是退一步的说法。武汉的事情决定是十分可靠的。

爱夫，沅　八月三十晚第一百零六封

寄彭基相

叔辅：

不知这封信赶得上送你行否。我当时写那一封信，正是因为知道了某女士结婚的消息（大概是听君右在船上告诉我的）怕你不曾看透某女士的为人。据我看来，你以前讲的尽力将和县那位夫人教练哪一个方法最好，结果如何，我很想知道。若是人力所能做到之处你都做到了，仍然无功，那就另做计较，也问心无愧。老实一句话，过去的一段风波在你是借了扩充经验，在我是借了寻求文料。要说崇拜的对象，那不单女子中找不到，就是男子中也没有。只能说，哲学那位月如秋水的小姐是你的意中人，文学这个笑涡呈颊的女郎是我的爱宠罢了。来信所说中国人受人侵略一层，我的意思是，政治经济物质方面如今已然病象极其显著了，将来在学问艺术精神方面恐怕也要成为日本第二（现中可怜，连日本还赶不上）。要想在后者方面做一个“中国人”，并不是一件容易的事，那必得把全个魂灵剖给它，还不知能做到一个什么田地。我们要想创造一个表里都是“中国”的新文化，暂时借助于西方文化，这并不足为耻：西方从前也自曾舶去了我国的指南针火药与印刷术。中国将来最大的恐慌便是怕产生出一个换汤不换药的西方式文化，甚至也不换汤也不换药的纯粹西方文化。只就文学来讲，西藏的戏剧西方已经有了介绍，我们自己还一点不知道。这是多大的羞耻！将来回了家，除了创造新文学、整理旧文学、介绍西方文学以外，提倡研究藏文满文蒙文也是一种必不可少的工作。还有波斯国的诗不知同我们中国诗有关系否：因为诗章与用韵逼肖之故，所以我起了疑问。我将来大概要学波斯文。（波斯在古代与我国有密切的商业来往，这是我们都知道的。）

湘　（一九二八年）六月二十三日

寄徐霞村

莫索：

开书店我是决计进行了，在这里我要尽力所能及地去省，自然不牺牲生活就是。我生活上并不苦，只是隔绝人生，不能提笔作文，这是我的两大痛苦。明夏得学位后，或译一本诗，或考个硕士就回家。近来种族的自觉更深。蒙古民族如今正在生死关头，政治改良、军械制造我已经来不及改行了。（我相信当今这两种事业更比文学重要）并且我的性情也不宜，只得尽一生精力于这不是当今急务而是文化之一峰的文学罢。不打败××，我们中国就是有很高的文化，别人也不理会。但是，将来打败了××时候，我们也要有东西给世界看才行。中国如今最需要做木牛流马的诸葛亮，但作《正气歌》的文天祥也是一个英豪。单就文学书讲：王维固然同杜甫一样好，但在当今时势之下杜甫实在更重要。或者拿哲学来比譬文学，老子并不差似孔子，但如今是更需要孔子。

文学只有一种，不过文学的路却有两条。唯美唯用并非文学的种类，它们只是文学的道路。道路虽然不同，归宿只有一点：这便是，文学——换个法子讲，便是，真的文学，好的文学。力量不够的人走了半截路，走不动了，便停下了，所以他看另一条路上的人以为彼此是不同甚至相反的，唯有天才从不同的路上同达于归宿，彼此相视而笑，李、杜、莎士比亚、易卜生便是好例。

你的《唱》比以前登的一篇旅馆小说进步得像是两个人作的。你脚底已经生了云雾了，洞天福地只看你的腾越罢。丁玲以女子描写女子生活，自不比一般人的向壁虚造，所以《莎菲女士的日记》我当时向景深说过是《小说月报》一二两号中最满意的一篇。（《动摇》中也有长处，不过结尾太弱。）

关于将来回国教书的计划，我是决定了不偏重一国，而用世界的眼光去介绍。希腊文和文学我要仔细研究，这一年内并多读法德两国文学。就民族推得结论是意大利文我决不念了，但决计习梵文。（有时候再读波斯文或阿拉伯文。）我回去后只介绍，不翻译，但我要尽力设法在学生中养成一些翻译的人才。万一搜求了十年还搜求不到人来培养（我想这绝不会），那时候我便不得不选译一些。

《评闻一多的诗》你替我找到了，我又看过一遍，这里面实在一点不曾多说。不过他们这些人里还算他最好就是。郭沫若我从前称赞他有单调的想象。近来翻看Whitman[1]，发现了他是模仿这美国诗人，不觉敬意全消。如今我的评语是：闻一多刘梦苇最好，汪静之郭沫若次之，徐志摩又次之。

子沅　八月十一日

[1]Whitman，即沃尔特·惠特曼（Walt Whitman，1819—1892），美国著名诗人，代表作《草叶集》。

图书在版编目（CIP）数据

江行的晨暮 / 朱湘著. -- 杭州 ：浙江人民美术出版社，2017.3（2020.9重印）
（经典悦读）
ISBN 978-7-5340-5618-5

Ⅰ. ①江… Ⅱ. ①朱… Ⅲ. ①散文集－中国－当代 Ⅳ. ①I267

中国版本图书馆CIP数据核字(2017)第040871号

作　　者　朱　湘
插　　图　刘婧楠

责任编辑　洪　奔　许诺安
责任校对　罗仕通
责任印制　陈柏荣

江行的晨暮（经典悦读）

朱　湘　著

出版发行　浙江人民美术出版社
地　　址　杭州市体育场路347号
网　　址　http://mss.zjcb.com
经　　销　全国各地新华书店
制　　版　杭州美虹电脑设计有限公司
印　　刷　三河市兴国印务有限公司
开　　本　635mm×965mm　1/16
印　　张　9.5
字　　数　77千字
版　　次　2017年3月第1版
印　　次　2020年9月第2次印刷
书　　号　ISBN 978-7-5340-5618-5
定　　价　19.80元